Opal
オパール文庫

もう一度初夜、しませんか？
記憶をなくした新妻は旦那様の愛に溺れる

涼川 凛

プランタン出版

※本作品の内容はすべてフィクションです。

一章　百合岡家の嫁

彩友美《さゆみ》は暖かな布団の中で小さな身じろぎをした。

春の訪れを感じさせるような、鳥の楽しげな囀《さえず》りが耳に届く。凍てつくような冬の寒さから解放された鳥たちのお喋りは、スマホのアラームなど無用なほどに賑やかで、まさに天然の目覚ましのようだ。

覚醒していく意識に任せてゆっくり目を開けると、布団脇の壁にある丸窓障子の向こうから朝日が透けて、部屋の中がほんのり明るくなっていた。

時刻確認のために手探りで枕元にあるスマホを取ると、六時を過ぎたところだった。起床するにはまだ少し早い。

「寒っ……」

室内とはいえ、冷たい朝の空気はむき出しの肌を刺し、思わず声が漏れた。風が縁側の窓をカタカタと揺らす音が聞こえてくると、余計に凍えるような心地になる。

スマホの横に置いてあったエアコンのリモコンを取りスイッチを入れ、再び布団の中に手を戻して温める。

ややあって温風が出始めてホッと息を吐く。戸も窓もすべてが木製の家で密閉度は低いけれども、起きる頃には少しは暖まっている筈だ。

彩友美が暮らしているのは築百五十年ほどの日本家屋で、この十二畳間の和室で眠るようになってから半月ほどが経った。

二十三歳の若い彩友美には、似つかわしくないと思えるような古いお屋敷だけれど、定期的に手を入れているおかげで傷みもなく、なんら支障なく生活している。

寝具と行燈《あんどん》以外はなにも置かれていないけれど、内装は豪華。隣の部屋との境には凝った組子細工《くみこざいく》の欄間《らんま》がはめ込まれ、丸窓障子の下には作り付けの違い棚がある。

その障子越しの仄明かりで、竿縁天井《さおぶちてんじょう》から下がる電灯がふわっと浮かび上がって見える。

シェードが和紙提灯のせいか、まるでそこに繭《まゆ》があるかのように見える。長い年月とともに焦げ茶色に変化した天井の暗さも相まって、余計に白さが際立つ。

そんな天井付近から視線を下げると、桜の花模様が美しい唐紙《からかみ》障子が目に入って思わず目を細めた。

濃いめのピンク地に金粉を散りばめたそれは、薄暗い部屋の中でも木から舞い落ちる白い花弁の様子がよく分かる。

貼り替えて数日も経っていない唐紙は、自分が選んだデザインだから見るたびに心が温かくなる。

それは、唐紙を選択した時のことも思い出すから。

『寝室は彩友美の好きな内装にすればいいよ。そうだ、いっそのこと洋間にしようか』

この部屋で暮らすことが決まってから、屋敷の主人に古い内装はすべて変えようと提案された。けれど彩友美は唐紙を貼り替えるだけにとどめた。

なぜなら、丸窓障子や丁寧な細工の施された建具など、年代を感じさせる風情が好きだから。……というのもあるけれど、実はもっと大きな理由がある。

朝の気だるい感覚を持て余しながらぼんやり過ごしていると、徐々に明るさが増していき、京壁の砂色がはっきりし始めた。

――いけない。起きて準備しなくちゃ！

持論では、朝の一分はウサギのしっぽよりも短い。ぼやぼやしているとあっという間に時間が経って、朝の支度に遅刻してしまう。

焦りを感じて身を起こそうとするけれど、体を拘束している腕に阻まれてしまった。

贅肉がなくて筋肉質な腕が、彩友美のみぞおち辺りを拘束している。

たかが腕一本、されど腕一本。ただでさえ成人男性の腕はがっしりしているのに、本人に意識がないと余計に重い。おまけに寝ころんだ体勢では力が入らず、退けようとしてもまったく動かせない。

――ううう、どうしよう。

困惑するけれども、叩いたり抓ったりして、力任せに退けることはできない。自分の体をすっぽりと包み込んでいる腕の主は、彩友美が大きな改装を望まなかった最大の理由になったお方……この屋敷の主人であり夫でもある百合岡《ゆりおか》修成《よしなり》なのだ。

彼に『洋間にしようか』と言われた時は、即座に断った。

彩友美が一緒に住むというだけで、彼が生まれ育ったこの屋敷を、たとえ寝室の一部屋のみでも変えたくなかった。内装を変えてしまったら、子どもの頃の彼の思い出を消してしまいそうで。

彩友美にとっては、幼い頃の彼が付けてしまった柱の傷ひとつも愛しいのだ。

どんな行動をして傷を付けてしまったのか。叱られたのかな、その時は泣いてしまったかな？　などと、幼少時代の彼に思いをはせるのが楽しい。それだけ彼を愛しているのだ。

彼を起こさないよう慎重に腕から抜け出ようとすると、僅かに力が強まった。

――え、もう起きているの？

隣を見ると彼の寝息は規則正しくて、まだよく眠っていると思える。毎日の仕事が忙しくて疲れているのだ。だから少しでも長く体を休めていてほしい。

昨夜の帰宅は午後十時を回っていた。トラブル対処に時間を割いていたそうで、とても疲れた表情をしていた。それなのに寝室に入ると、愛情表現にはまったく手抜きがなくて……昨夜も彼はとても情熱的で、彩友美は休む間もなく何度も頂点に導かれたのだ。

『修成さん、お疲れでしょう？　早くお休みして』

そう言った途端、口づけをされていた。

低音ボイスでささやかれる愛の言葉は耳にくすぐったくて、体中余すことなく触れてくる指は優しい。敏感なところを愛撫されると、蜜が蕩けるように溢れ出る。

情事を思い出すだけで体の芯が熱くなって頬に熱が集まってしまう。

修成にすべてを脱がされ、達したまま眠ってしまったために、彩友美は今も一糸まとわぬ状態だ。素肌から高鳴る鼓動が彼の腕に伝わってしまうのが恥ずかしくて、そっと胸を押さえる。

――修成さん……。

心の中で名を呼ぶのもまだ気恥ずかしい。彼とは結婚して半月足らず。まだ新婚ホヤホヤなのだ。

彼は、由緒正しき家柄のご子息。百合岡家は世が世なら近隣の市や街を統治するご領主の家系で、ここは本家にあたる。江戸期に流行り病を治した医薬技術の功を讃えられ、時の藩主から土地を拝領したと聞いている。

そんな彼と結婚するのには、大変な苦労があった。

もともと彩友美は百合岡家のメイドだった。それに加えてシングルマザーの子だということで、本家にそんな出自の嫁が入るのは許せないと、親族の猛反対にあったのだ。

ふたりの間に横たわる身分差は、どう足掻いても乗り越えられない壁だ。強い愛情があってもどうにもできない。だから彩友美は結婚を諦めかけていた。

それを修成は……。

『この先どんな女性と出会っても、情を交わすことはありません。私が愛するのは唯一無二、彩友美だけです』

親族の集まる場で、生涯をともにするのは彩友美だと、きっぱり宣言してくれたのだ。

修成の毅然とした声と凜々しい横顔は、彩友美の胸をキュンと揺らした。修成とともに人生を歩みたいと、改めて決意した瞬間だった。

それでも親族は引き下がらずに、反対の声を上げ続けて、親族会議は紛糾した。

『情などなくても結婚はできる。代々そうして百合岡家を守ってきたのだ』

『いいえ。情がなければ性交しません。本家の血筋は、私の代で絶えます。それでもよろしいですか？』

このひと言で親族はざわめいた。

それならば妾《めかけ》にして本妻は由緒ある家柄の人を……との意見が出たけれど彼は決然と退け、親族の反対を押し切って婚姻に至った。

修成の愛情は海よりも深く、意思は鋼よりも固い。今こうして彼の隣にいられることを感謝して、精いっぱいの愛情を返している。

彩友美はそっと修成の頬に指を這わせた。

男性なのにすべすべの白い肌、下唇に少し厚みのある唇は色っぽく、閉じられた瞼《まぶた》を縁取る睫《まつげ》毛は羨ましいほどに長い。

修成の品のある顔立ちは本当に素敵で、瞼の中に隠れた瞳はいつも優しい。性格も穏やかで、出会ってから五年は経つけれども、声を荒らげて叱責する姿は一度も見たことがない。貴公子、という言葉が似合う男性だ。

それなのに、夜は身の内に住まう獣を解き放ったかのように甘く激しくなるなんて。こんな彼を知っているのは、きっと彩友美だけだろう。

そんな幸せな気持ちに浸りながら、再びスマホを手に取って時刻を見ると、もう六時三十分になるところだった。そろそろ本気で起きなければ、七時半頃に出勤する彼の準備に間に合わない。

——修成さんが遅刻したら大変！　奥さん失格になっちゃう！

焦ってしまうけれども、修成は朝食の準備が整った後に起こしたい。

掛布団を持ち上げ、改めて彼の腕の状態を確認してみると、ふっくらとよく育った胸と華奢《きゃしゃ》な腰の間にできたくぼみに、丁度良く嵌《は》まっている。

これでは、修成を起こさないように抜け出るのは至難の業と思える。だがしかし、それでも彩友美は頑張らなくてはいけない。

結婚した途端に生活が乱れたなどと言われては、会社での修成の立場が悪くなってしまう。妻である彩友美の責任も問われるだろう。

だからと言って、早く起こしすぎてしまうのもいけない。もしも修成が仕事中に欠伸をしたりして業務に差しさわりが出たら、それも彩友美のせいになる。

彼の眠りを妨げないよう起き出し、朝食の準備をするのは彩友美の意地でもあった。

彩友美には父親がいない。物心ついた時にはすでにおらず、死別でもなく、離婚してもいない。つまり父親は不詳なのだ。

片親で育ったということはコンプレックスのひとつであり、父親がいないことを詮索されたり、好奇の目で見られたことも多々ある。幼い頃に『お父さんがほしい』と泣いて母を困らせたのは、辛い思い出だ。

だから夫婦には強い憧れを持ち、こうあるべきという理想がある。

妻は夫に献身的に尽くし、夫は妻を守り愛しむ、というもの。その第一歩が夫の朝食の準備だと思っている。

しかし結婚してからというもの、一度もそれをさせてもらっていない。毎朝彼と一緒に起きて食堂に移動しているのだ。今日こそは奥さんらしく『朝ごはんが出来ましたよ』と言って優しく起こしたい。

腕が重くて動きづらい状況だけれど少しずつ体をずらしていき、苦労しながらなんとか拘束を解き、そっと布団から抜け出た。

――よかった。なんとか、成功したみたい。

ホッと息を吐いて、全身が空気に触れて寒さに体を震わせた。暖房はまだそれほど効いていない。

この後起きる修成のために温度を上げておこうと、リモコンに手を伸ばした瞬間、布団から出てきた手に彩友美の手首が捕まった。

「え？」

「……彩友美」

寝起きの掠れた声に名を呼ばれ、ついで体ごと布団の上に引き戻される。

「きゃっ」

彩友美の体は再び修成の腕に包まれてしまい、あっという間に掛布団の中に引き込まれた。修成の胸の上に乗った形になり、彩友美の豊満な胸がふにょんと素肌に密着する。

――せっかく、抜け出たのに！

抗議をしようとして修成の顔を見ると、穏やかな視線とぶつかって気が萎えてしまう。

「……おはよう……ございます」

「体が冷えてる。俺が温めてあげるよ」

可哀想に……と耳元で呟かれて、むぎゅぅっと抱きしめられる。

愛情を感じて嬉しいけれども、これでは困ってしまう。

修成は彩友美に対してはとても過保護だ。

交際中には彩友美のメイドの仕事を手伝おうとしたり、重い物を持とうとするのを見つかると止められたりした。そのたびに作業が中断してしまうけれども、屋敷の主人である彼の心遣いを無下にすることもできず、ほとほと対応に困ったのだった。

そして今も……。

――でも、もう主従関係じゃないから、私の意見を伝えてもいいよね？

「待って、修成さん。早く起きて朝食の準備を手伝わなくちゃいけないの」

「ダメだよ。今の彩友美はメイドじゃないんだ。結婚した時に、これからは家事をしなくていいって言ったよね。もう忘れちゃったの？」

「う……それは、忘れてないけれど」

当主の嫁である彩友美は、屋敷に仕える者を使用する立場だ。一緒に働いてはならない。使用人たちに気を遣わせてしまうし、彼らの仕事を奪うことになるから。

そう言い含められているし、彩友美も理解している。けれど愛する修成に関することは、人任せでなく自分でやりたい。それは我儘《わがまま》なのか。

「でも……旦那さまのお食事を準備するのは奥さんの仕事でしょ？　私に奥さんの務めを果たさせてほしいの。ね、お願い」

できるだけ可愛くお願いしたつもりだけれども、修成は即座に否定した。

「違うな。奥さんとして、彩友美が一番にしなくちゃいけない仕事は、俺を癒すことだよ」

修成の上に乗っていた体が反転させられて、組み敷かれた。

大きな手が彩友美の両の頰を覆い、起床から終始穏やかだった声と瞳に艶が乗る。温かな手のひらの心地よさと色気を含んだ視線に搦め捕られ、彩友美は微動もできずに彼を見つめた。

「こればかりは、否定させないからね？」

修成の声音と視線には媚薬でも含まれているのだろうか。理性では起きなければならないと考えているのに、見つめられて頰に触れられているだけなのに、昨夜の情事が体の中で再生されて自然に肌が火照った。

朝の支度をする時間が迫っている。そう言えばいい。なのに……負ける。

——私ったら、なんて意志が弱いの？

「で、でも、もう、時間がないわ。遅刻しちゃう」

一ミリほど残った精神力で、頭の端にある理性の欠片を引っ張り上げ、なんとか反論できた。

そうしたら彼は魅惑的に微笑んだ。

「そうじゃないな。彩友美、時間は作るもんだよ」

修成の有能さが垣間見える言葉だが、今は使い方が間違っている気がする。そう思っても言い返す言葉が見つからない。

「だから観念して」

修成の視線が唇の辺りにあるのが分かり、彩友美は覚悟を決めてそっと目を閉じた。すぐに唇に柔らかいものが触れて口中に修成の熱が入り込む。

「ん……っ」

小鳥の囀る爽やかな朝の空気を乱すように、舌の絡み合う音とふたりの吐息が彩友美の耳に響く。

優しくて丁寧な口づけは、瞬く間に官能の世界に導いていく。時を忘れさせられ、意識も感覚もすべてが修成に支配されてしまうのだ。

体中が蕩けるような舌遣いに溺れていると、下唇を強く吸われた。その僅かな痛みで彩友美の意識がふと現実に戻る。

薄く目を開けると、修成はリップ音を残して唇を離したところだった。色気を纏う彼の眼差しは変わらずに、もっと彩友美が欲しいと伝えてくる。

「そして、俺が夫としてしなくちゃいけないことは、彩友美を守って、愛することだよ」

修成の濡れた唇が弧を描き、頬に触れていた手のひらが徐々に下りていく。指先が顎のラインをゆっくり撫でて首を伝わり、鎖骨で止まった。

彼の支配から逃れるのは今かもしれない。そう思うけれども、修成の体を押し返すことができない。その先を期待する気持ちが邪魔をするのだ。

修成はそんな彩友美の心情を弄《もてあそ》ぶかのように、艶のある微笑みを見せる。

指先はその先にある柔らかな双丘まで進まずに左サイドの髪を梳《す》き、耳を露わにすると舌先がちろちろと耳朶《じだ》を嬲《なぶ》った。

「あ……ん。それ、ダメ」

「どう？　俺が欲しくなった？」

鼓膜が痺れるような低音ボイスでささやかれ、彩友美の腰がぞくぞくと震える。

――火を点けるようなことをしたのに、そんな訊き方するなんて、ズルイ。

愛する修成から触れられるのはとても気持ちよくて嬉しい。ずっとこうして抱き合っていたいと思わせられる。

けれども、やはり今はダメだ。

こんなふうにいちゃいちゃしていて、修成の支度が遅くなったら、朝食をとらずに出勤させることになる。それは不本意なことだ。

肌も体の芯部も、そして心も、彼に触れて欲しいとひたすらに訴えてくる。それを懸命に無視し、甘い獣になりかけている修成の胸を手のひらでそっと押しとどめた。

家事をしなくていいと言われても、元来働き者の性分がそうさせない。しかもつい最近まではメイドの仕事をしていたのだから、急に気持ちを切り替えられないのだ。

「私も修成さんを癒したい。だからこそ、あなたの身の回りのことは全部私がしたいの。その……愛してるから、すごく大切な人だから……ほかの人には任せたくないわ」

恥じらいながらも瞳を潤ませてじっと見つめている彩友美を見て、修成の耳がすうっと朱色に染まった。

「それ、やばいな。可愛すぎる……余計に離せなくなった」

「えっ」

彩友美が眉を下げて心底から困った顔をすると、修成の表情がふと変わった。クスッと笑い声を漏らし、艶っぽさが消えて平時の穏やかな眼差しに戻る。

「愛するきみを惑わすのは本意じゃないよ。分かったから、少しの間そのままでいて」

そう言って素早く布団から出て、違い棚に置いてあったガウンを取った。自身はなにも身に着けないまま、彩友美を起こしてそれを肩にかけてくれる。

「ありがとう、修成さん」

「じゃあ、朝食の支度を頼むよ」

「うん。任せて！　準備ができたら呼びに来るね」

スマホの時刻を確認すると七時十分前だ。

彩友美は急いで服を着て、厨房に向かった。


彩友美は母とふたり暮らしだったので、子どもの頃から台所に立っていた。そのせいか、料理は得意だ。和食に中華、レパートリーは豊富にある。

だから一般的な奥さまらしく、旦那さまに手料理をふるまいたいけれど、百合岡家ではそうはできない。

「おはようございます。奥さま」

「おはよう、みんな」

厨房にはすでに使用人たちが集まっていて、挨拶を返しながら、はにかむように微笑む。まだ奥さまと呼ばれることに慣れていない。

「お待ちしていました。もう出来上がっていますよ」

料理長がにこやかに言って、コンロの火を止めて鍋の蓋を開けた。お味噌汁の匂いが立ち上って、途端に食欲をそそられる。

「いつもありがとう」

焼き魚、季節野菜の炊き合わせ、お漬物。彩友美は器選びをして盛り付け、ダイニングテーブルに運ぶだけ。それを少し残念に思いながら、手際よく準備を済ませた。

彩友美たちの部屋は北西にある厨房から一番遠く、屋敷全体の最奥にあたる東南部分にある。

平屋の屋敷はまるで宮殿のような造り。ところどころに中庭や坪庭が設けられており、構造は複雑なのだ。渡り廊下を渡って、幾度か角を曲がりながら縁側を進むと、中庭に面する壁に寝室の丸窓が見えてくる。ここに来た当初、よく迷子になって困ったのは、苦いけれども良い思い出だ。

半ば小走りになって急いで部屋に戻ると、修成はすでに着替えを済ませていた。きちんと髪を整え、ワイシャツにスラックス姿が目にまぶしい。百八十センチある彼はモデル並みにスタイルがいいから、思わず見惚れてしまいそうになる。

食事の準備ができたことを伝えて食堂に移動し、ふたりで朝食をとる。修成の食事の仕方はとても上品で、器をテーブルに置くにしてもコトリとも音を立てない。

対して彩友美は、どんなに気を付けていても音を立ててしまうので、こんなところにも育ちの違いが出ていると実感している。

そんなところにはちょっとへこむけれど、今朝は頑張って修成の誘惑を退けることができた。時間を作った甲斐があり、ゆっくり食事をすることができている。彩友美は密かに自分を褒めた。

食事を済ませると、修成はネクタイを締めてジャケットを羽織る。

皺のないスーツをビシッと着こなした修成は、爽やかで一分の隙もない。百合岡家当主であり、百合岡製薬の次期社長の顔になった。

修成の出勤時には、玄関に執事とメイドが一列に並んで見送りをする。旅館の入口のように広い玄関の三和土《たたき》には、修成の革靴が一足並べられている。

メイド時代は最後尾に並んでお辞儀をしていたけれど、奥さんとなった今は上がり框に立ってビジネスバッグを手渡すべくスタンバイをしている。結婚前は、執事がしていたこと。それができるこの瞬間が一番奥さんらしいな、なんてささやかな誇りと大きな喜びを感じる。

「今日は早く帰れそう?」

ビジネスバッグを渡しながら問いかけると、ややあって答えが返ってきた。

「なるべく早く帰るけど、遅くなりそうなら連絡するよ」

きっと今日も仕事が詰まっているのだろう。修成は次期社長のポストだけれど、社長であり会長でもある大旦那さま（修成の父）が海外に在住しているため、実質社長の業務をしている。企業に勤めたことのない彩友美には想像もできない多忙さだ。

「お仕事、無理しないでね」

心を込めて言うと、三和土に立つ修成の腕が、上がり框に立つ彩友美の体をそっと抱き寄せた。

「きゃっ」

バランスを崩して倒れ込むように修成の肩に頭を預けると、膝裏を掬われて、視界がくるりと回転した。修成のシャープな顎が、彩友美の顔にすーっと近づいてくる。

若いメイドたちの口から漏れる歓喜の声を耳にしながら、修成の口づけを受けて、頬が朱色に染まる。

——こんな、みんなの前でするなんて……。

数秒唇を重ねた後、丁寧に上がり框に戻されて、ドキドキする心臓を抑えられないままに「いってきます」と余裕そうに微笑む彼を見つめる。

執事が「いってらっしゃいませ」と号令をかけ、ハッと我に返った彩友美も照れながら微笑みを向けた。

「いってらっしゃい」

修成が格子戸に近づくと自然に開くけれど、決して自動ドアではない。外で待機している運転手がタイミングを見計らって開けているのだ。

運転手と会話を交わしながら出勤していく修成を笑顔で見送る。出勤寸前に口づけをされるという予想外のハプニングがあったものの、なんとか思惑通りに準備ができ、彩友美の朝は終わった。

——さあ、私もお仕事しなくちゃ！


本家の奥さまとなった彩友美には、屋敷を守るという仕事が課せられている。

具体的には、使用人たちのお給料や生活にかかる支出など、屋敷の維持にかかる収支の一切を修成から任されている。まるで小さな会社の社長のような業務をしなければならず、新米奥さまはベテラン執事のもとで絶賛勉強中だ。

午前は屋敷の執事室で過ごし、午後は自由なのが常だ。昼食を食べた後、彩友美はもうひとつの仕事をするべく庭に出た。

百合岡家の敷地は広大だ。三千坪ほどあると聞いている土地のほぼ真ん中に、迷子になるほどに大きな平屋建ての母屋《おもや》があり、西の隅に二階建ての離れがひとつ、庭の中心部分に茶室がひとつ、それに北側には蔵がふたつある。

日本庭園のように美しく整備された庭には池があり錦鯉が泳いでいる。池は母屋から眺められる位置にあり、木々は四季折々に色を変える風情豊かな屋敷だ。

警備員を雇っているが、防犯の精度を上げるために四匹の番犬を飼っている。

実は、彩友美は犬が苦手だ。チワワのような小型犬でも、ぬいぐるみのような可愛らしい外見でも、犬となれば怖くて近寄ることができない。

それというのも、幼い頃に大きな犬に追いかけられたことがあるからだ。

その日は冷たい雨が降っていた。

傘を差して道を歩いていたら、どこの家から逃げ出したのか、リードを引きずったままの大きな犬が彩友美に向かって猛然と走ってきたのだ。

驚いて傘を放り出して必死に逃げ、近くにあった公園に入ってジャングルジムに上った。

『あっち行って！　シッ、シッ』

追い払う仕草をしてもダメ。大きな声を出してもダメ。彩友美が動くと、犬はジャングルジムに脚をかけて威嚇するように吠えたてる。

雨の日の公園には誰もいない。犬は地面をうろうろと歩き回っていてなかなか離れていかない。

誰にも助けを求めることができず、泣きべそをかいて、びっしょり濡れて凍えながらも懸命にジャングルジムにしがみ付いていた。

しばらくして犬がいなくなったけれど、もしも近くにいて、また追いかけられたらどうしよう？　そう思うと、怖くて恐ろしくて、どうにも動けなかった。

母親が見つけてくれた時には半ば意識を失っており、熱を出して数日間寝込んでしまった。それ以来、犬は彩友美の敵……まではオーバーだけれど、大きなトラウマなのだ。

屋敷の犬種はドーベルマンで、勤め始めた頃に何度か見たことがある。

吠えなくても威圧を感じる鋭い目つきは、いかにも番犬らしい風貌だった。犬が苦手な彩友美は、遠くからちらりと姿を見るだけで腰を抜かしてしまう。

そんな番犬たちだけれど、普段は決められた時間に、一辺の距離が百メートル以上もある塀の近辺を警備員と一緒に見回っている。その時間を避けて外に出れば犬たちに会うことはないし、非常事態など、余程の事がない限り母屋の傍には来ない。

だから彩友美は、メイド仕事をしていた時も今も安心して暮らしているのだ。

「さあ、おいで」

池のへりに立ち、パン！　と手を叩くと、瞬く間に色鮮やかな錦鯉たちが足元に集まってくる。

結婚してから彩友美の仕事になった錦鯉たちへのエサやり。優雅に泳ぐ二十匹ほどの鯉たちの中には、一匹数千万円の価値があるものもいる。

「エサの時間ですよ～」

泳ぐ宝石と言われるくらいに美しい錦鯉たちは、普段はとても優雅。それなのにエサをばらまくと、途端に変貌するからおもしろい。大きな口をいっぱいに開けて、我先にとぱくつく光景はなんともすさまじい。

そんな錦鯉たちの勢いに微笑ましさと楽しさを感じながらエサをやっていたら、妙な音がするのに気づいた。

チリチリチリチリ……。

それはどこから聞こえてくるのか。庭の小道に敷いてある砂利に、なにかが当たっているような……そう、金属的なものを引きずっているような音だ。

——いったいなんの音なの？

庭師が砂利道を整備しているのだろうか。

そんなことを思いながらエサを池に投げ入れた。錦鯉たちが立てる水音を聞きながら、のんびりと後ろを振り返り、彩友美はギョッとして固まった。

ドーベルマンが鎖を引きずりながら猛然と走っている！　しかも、一目散に彩友美の方に向かって！

「え、え、え？」

——うそっ、今は見回りの時間じゃないのに！

慌てふためいた様子でドーベルマンの後を追うのは、初老の飼育係だ。

「こらぁ、待て！　そっちに行っちゃいかん！　奥さまがいらっしゃる！」

ドーベルマンは飼育係の制止を聞かない。彩友美を発見したせいか定かではないが、却って走る速度を上げたように見える。

「きゃあっ、や、やだっ、こ、こっちに来ないで!!」

――ににに、逃げなくちゃ……！　ど、どっちに？

あまりの恐怖に気が動転し、彩友美は池のへりに立っているのも忘れて後ずさりをした。

あっと思ったのが最後。足を滑らせて池に落ち、頭に強い衝撃を受けた直後に意識を失っていた。


――ううぅ……痛い……。

頭に鈍痛を感じながら目覚めると、真っ白な天井と細長い蛍光灯が目に映った。見覚えのないそれと刺激的な匂いが鼻をつき、彩友美はノロノロと考えた。

――まるで消毒薬みたいな……じゃあ、ここは、病院なの？

蛍光灯の明かりが点いていて辺りは静かだ。おそらく消灯前の時間なのだろう。

「私、どうして……？」

「彩友美！　……よかった！」

安堵したような男性の声がして、彩友美の手を強く握った。予想もしていなかったことに驚きながらも、声が聞こえた方に視線を向けると若い男性がいた。

「えっ？」

その男性はベッド脇の椅子から身を乗り出して、眉を歪めて心配そうにしながらも、ホッとしたような微笑みを見せる。

「今、医師を呼ぶから。そのまま静かにしていて」

男性は彩友美の手を握ったまま、空いた方の手で呼び出しボタンを押している。

どこのブランドなのか分からないが、身に着けているのはとても上等そうなスーツだ。髪が少し乱れており、ネクタイを緩めてワイシャツの首元のボタンを外している。

少し疲れた様子ながらもくたびれたようには見えず、口調はしっかりとしていて、雰囲気からは気品が滲み出ている。

「あ、あの、私はっ」

男性が誰なのか分かり、焦って起き上がろうとするけれど、少し動くと頭にズキンと痛みが走って力なく枕に沈み込んだ。

頭に触れると本来なら髪がある筈のところに、ざらりとした固い感触のものがある。

――え、これって包帯、なの……？　じゃあ、この頭の痛みは……。

「わ、私、なにがどうしてこんなことに……」

握られていない方の腕には、点滴の管が繋がっている。自分の身になにが起こったのか、これからどうなってしまうのか。動揺してしまい目に涙が滲んだ。

「彩友美、落ち着いて。すぐに医師が来るから」

握られている手に柔らかな感触がして、ハッとしてそちらを見ると、彼は指先に口づけをしていた。

——え、なんで名前呼びなの？　しかも、どうしてこのお方が、私の手にキスをしているの？

彼は辛そうに眉をひそめており、彩友美を見つめる瞳は少し潤んでいる。大変な心配をかけているのが分かった。

「あの……」

「しーっ、黙って。話すのは体力使うから、今はおとなしくしてて」

そう言われれば彩友美は無言になるしかないが、動揺は隠せない。

どうして彼が彩友美の手を握っているのか。もの言いたげに彼を見つめれば、愁いを帯びた微笑みが返ってくる。

「医師が来るまでもう少し待ってて」

優しく頬を撫でられ、彩友美はますます混乱した。

それからややあって廊下の方から僅かな足音が聞こえてきた瞬間、性急な感じでドアが開き、医師が足早に入ってきた。看護師がふたり、その後に続いてくる。

「なにかありましたか」

「院長、遅い時間にすまない。さっき目が覚めたところなんだ。動揺しているから、早く診てくれないか」

そう説明をしながら彩友美から手を離し、院長に場所を譲った彼は反対側に移動した。

そして点滴の繋がった方の手に自分のそれを重ねる。

その手のぬくもりは彩友美を安心させるものの、逆に少しばかりの焦燥感をも生んでいた。

頭に白い物が目立つ院長は、田島《たじま》と名乗った。患者を落ち着かせる微笑みを見せながら問診をし、その後触診をする。

一通りの診察が済んだのを見計らい、彩友美は気になっていることを田島院長に尋ねた。

「あの、傷は……どんな様子なんですか?」

「大丈夫ですよ。傷自体は二針程度のものですから、それほどたいしたものじゃありません。しばらく安静にしていれば痛みも収まります」

「しばらく……入院、するんですか? ……どうしよう」

呟くように言うと、彩友美の手に重ねられた手のひらに少し力がこもった。

「彩友美はなにも心配しないで、すべて院長にお任せすればいいんだよ」

「でも、私、お仕事しないといけないんです」

彩友美にとって、仕事は大切な者を守るためのもの。とても大事なことなのだ。それができないとなれば不安になる。

それに入院すれば費用がかかってしまう。改めて部屋の様子を窺うと、とても広い個室で、ベッドのほかに応接セットが置かれている。院長が主治医ともなれば、特別な扱いを受けているように思えた。

そのとんでもない状況に、彩友美は思わず半身を起こした。

「今は仕事よりも養生が大切ですよ。頭の検査をして、異常がなければすぐに退院できますから」

田島が窘めるように言って、修成は身を起こそうとしている彩友美の体をそっと押して寝かせ、布団を被せる。

「ダメ。無理して起きなくていいから。仕事は執事に任せておけばいいんだよ」

そう言って彩友美の頬を手のひらで包み、僅かに微笑む。そしてベッド脇の椅子に腰を下ろし、彩友美の手をしっかり握って、愛しげに唇を寄せた。

「俺は、彩友美さえ無事なら、それでいいんだ」

「あ……あの、修成さまっ」

二度目、しかも人前でされたその行為で、青白かった彩友美の頬が桜色に染まる。

「ん？　どうした？　なにか欲しいものがあればなんでも言って。すぐに用意するから」

「欲しい物はありません。修成さまが私のために準備するなんて、そんなこと……滅相もございません」

「なにを言ってるんだ。当然のことだろう？」

「あの、もしかして……私のケガは修成さまが原因なのですか？」

「違うよ。きみは、番犬に驚いて池に落ちた拍子に頭を打ったんだから……ん？　待てよ。どうしてそう思うんだ？」

修成が怪訝そうな表情になり、田島院長も彩友美を真剣な表情で見つめる。

「だってメイドの私に、そんなに優しくしてくださるから。負い目があるとしか思えません」

驚きの表情をする修成と、状況を把握した様子の田島院長が顔を見合わせる。

「院長、どういうことなんだ……？」

困惑する修成に落ち着くよう仕草で制した田島院長は、彩友美に向き直った。

「あなたがこの方に優しくされるのは至極当たり前のことなのですよ。なぜなら、あなたは百合岡修成さまの奥さまなのですから」

「ええ!?　私がですか!?」

告げられたその事実に驚きを隠せず、修成と田島院長を交互に見た。ふたりとも真摯な表情で彩友美を見つめている。

「嘘でしょう？　だって、私は百合岡さまのお屋敷でメイドとして働いているんです。修成さまと結婚なんて……そんなっ、身分も違うのにあり得ないです」

桜色だった頬が再び白くなり、視線は空にさまよった。

彩友美の手を修成は離さない。負い目があるだけならば、こんなふうにずっと握っていることはないだろう。すなわち愛情があるということだ。

本当なの？ と呟く彩友美に、田島院長は穏やかな口調で問いかける。

「失礼ですが、今、あなたはおいくつでいらっしゃいますか？」

「十九歳です」

「お名前は？」

「吉沢《よしざわ》彩友美です」

田島院長は落ち着いた様子で「ふむ」と呟き、修成は困惑の声を上げた。

「……なんてことだ」

ショックを受けて青ざめる修成に、田島院長は静かに告げた。

「おそらく、逆行性健忘症でしょう。つまり、奥さまはここ四年ほどの記憶を失っておられます」

彩友美の記憶は、百合岡家で働き始めて一年ほど経った頃で止まっていた。

「院長、それは治るのか？」

「はい。ほとんどの場合、記憶障害は一時的なものですので、時間とともに自然に戻るでしょう。まれに一生戻らないこともありますが……」

「一生……だと？」

田島院長の言葉を受け、愕然とした修成の顔色がさらに悪くなった。白に近くなり、握られた彩友美の手には修成の震えが伝わってきた。

対する彩友美は、起こっていることすべてが信じられなくて、まるで夢でも見ているかのような心地になっていた。

「彩友美は二十三歳なんだ。半月前に俺と結婚したんだよ。だから、俺に遠慮はしないでほしい」

そう教えられても、彩友美の記憶は、メイドの制服を着て玄関の掃除をしているところで止まっている。明るい陽が入る旅館のように広い玄関の格子戸を開け放ち、せっせ、せっせと箒《ほうき》を動かしているのだ。

それなのに頭痛で目が覚めて、いきなり訪れたこの状況に戸惑うばかりだ。まるで異世界に迷い込んだかのような心持ちになる。

——お屋敷のみんなが仕組んだ壮大なドッキリ……じゃないよね。

なんのためにそんなことをするのか。ふと浮かんだ考えをすぐさま否定した。実際目の前にいる修成は目に見えて動揺しているというのに、あり得ないことだ。

しかし、そんな非現実的な考えなれども、そちらの方がどんなにいいかと思うと、ため息が漏れた。

記憶を失ったこと自体、彩友美にとっては現実感がなく、ましてや百合岡家の嫡男と結婚しているなど驚嘆に値する状況だ。

これからどうすればいいのか、さっぱり分からない。

そして修成は、おそらく彩友美以上の衝撃を受けたのだろう。手のひらで額を押さえて考え込んでいる姿は、目覚めた当初に比べると明らかに憔悴している。

不可抗力とはいえ、自分がこのような状況を作っていると思えば、心中に申し訳なさがつのる。

「ごめんなさい、修成さま」

彩友美が謝罪の言葉を口にすると、修成はぱっと顔を上げた。切なそうな表情から、ふわりと柔らかな微笑みに変わる。

「謝るのは俺の方だよ。取り乱してごめん。彩友美は全然悪くないから謝らないで。今はなにも考えずにゆっくり休んでほしい」

微笑む表情にはぎこちなさがなく、見つめてくる瞳には穏やかさがある。それはこの場を取り繕うような一過性のものではない。修成の心中での葛藤が、今の瞬間で解決されたかのような印象を受けた。

「それでもう一度訊くけど、欲しい物はない？　食べたいものでもいいよ」

彼は今の彩友美が認識している以上に器の大きな人なのかもしれない。

「ありがとうございます……でも、今はなにもないです」

その後修成は病院と会社を往復する生活をし、昼間は百合岡家のメイド頭が病院に来て彩友美の身の回りの世話をした。

「自宅で過ごしていただいて大丈夫です。記憶の件はしばらく様子を見ましょう」

彩友美は精密な検査の結果、記憶を喪失しているほかはなにも異常がないことが分かり、十日ほど後に無事退院した。

二章　親族会議

記憶喪失の件は、親族には知られないようにしたい。もちろん、ケガをしたことも内緒にしよう。

修成の意向で百合岡家に敷かれたかん口令は忠実に守られていた。記憶を失っていることを知っているのは執事とメイド頭のみで、ほかの使用人たちには頭をケガしたことのみが伝えられている。

どうして隠さねばならないのかと問いかけると、百合岡家は由緒ある家柄で、当主の嫁が記憶喪失になったなどと親族に知られると、問題視されて厄介なことになる。面倒は避けたいとのことだった。

だから彩友美は『百合岡家の奥さまであること』を演じなければいけなかった。十九歳の精神のまま、百合岡家当主に愛される二十三歳の妻にならなければならない。それは、想像以上に大変なことだった。

退院してすぐに彩友美を襲ったのは、〝修成と寝食をともにする〟という、大変高度なミッションで……。

退院の気ぜわしさから解放された夜、彩友美は少し途方に暮れていた。

しんしんと夜が更け、寝室には行燈の明かりが点されている。丸窓障子から透ける月明かりとともに一組の布団を浮かび上がらせていた。

修成は今入浴中で傍にいない。

――どうしよう？

布団を敷くために部屋を訪れたメイド頭が言うには、ふたりは仲睦まじい夫婦であり、彩友美がケガをしたからとはいえ、布団を別々に用意するなど考えられないとのことだった。

どこからどうばれるか分からない。だから、誰にも怪しまれないようにしなければいけない。

理屈は分かるけれども、四年もの記憶をすっぽり失《な》くした彩友美にとっては、顔見知り程度の男性と一緒に寝るも同然のことだ。

不安そうにする彩友美に、メイド頭は満面の笑みでこう言った。

『大丈夫ですよ。修成さまはとてもお優しいお方ですから。すべてお任せすればいいんですよ』

彩友美に対する彼の優しさは、入院中にも伝わってきていることだ。しかし、〝すべてお任せすればいい〟とは、どういう意味なのか。

──まさか……ね？

記憶を失う前は結婚していたのだから、男性と同衾するのは初めてではないのだろう。

──でも、でもっ。キスをしたこともないのに！

いや、正確にはキスをしたことも覚えていない、と言うべきか。

体は処女でなくても、気持ちの上では処女のまま。男性とお付き合いしたこともない、初心《うぶ》な十九歳なのだ。

入院中には何度も手を握られて、それだけで顔が真っ赤になってしまったというのに、それ以上のことなど想像もできない。

入浴した後に着替えたのは浴衣だった。就寝時はいつもパジャマを着ていたのに、メイドから浴衣を手渡されて戸惑いながらも身に着け、やはり結婚したことは事実なのだと思い知らされた。

浴衣だと、寝ている間にはだけてしまいそう。

そんな心配をしながら、行燈の脇に正座をしてダブルサイズの布団を凝視していると、背後にある唐紙障子がスラッと開いて心臓が跳ねた。

お揃い柄の浴衣を着た修成の足が、うつむいている彩友美の視界に入った。大きな足に出っ張ったくるぶしが、男性らしさを感じさせる。

シングルマザーの家庭で育った彩友美にとって、間近で大人の男性の素足を見るのは、これが初めてと言っても過言ではない。

このお方と、一緒の布団に入るのだ。そう思えば心臓が早鐘のように脈打ってしまう。

修成は彩友美の斜め向かいで胡坐をかいていた。

「彩友美、顔を上げて？」

言われるままおずおずと顔を上げると、修成の穏やかな視線とぶつかった。行燈の明かりに照らされた彼は、くつろいだ姿勢でありながらも浴衣姿にはとても品がある。

少しはだけた襟元から覗く素肌に目を奪われ、男性の色気というものがあるならば、このお方が持つような雰囲気を指すのだろうと思った。

「布団は、メイド頭が気を利かせたようだね」

もじもじそわそわと落ち着かない彩友美とは違い、修成は落ち着き払っているように見える。

精神年齢十九歳の彩友美からしてみれば、九歳年上の修成は、余裕のある大人の男性、なのだ。

「どうかな。俺と一緒の布団に入るのは、イヤ？」

ささやきかけるように問われて、その色気にあてられた彩友美は頬を朱色に染めた。

いったいどう答えればいいの。

イヤだと言えば、この状況が変わるのだろうか。でも正直なところ、イヤではないような気もする。いや、むしろ望んでいるような？

この気持ちはどういうことなんだろう。自分で自分が分からない。

心中は大パニックで返事をすることができず、真っ赤になった頬を手のひらで押さえていると、修成はクスッと笑った。

「安心して。手は出さないから。だから、俺と一緒に布団に入ってくれないか？」

お願いするように言われたら、うなずくことしかできない。

「っ……、はい」

スッと立ち上がった修成が布団に移動して、掛布団を大きく捲った。

「ほら、彩友美はここだよ」

ぽんぽんと敷布団を叩いて促してくる。

彩友美が横になるまで、修成も体を休めるつもりはないようだ。

恥ずかしいからといって、いつまでも待たせているわけにもいかない。意を決し、そろそろと布団に寄っていき、隅に寝ころんだ。

すぐに掛布団が被せられ、行燈の明かりが消された。その後の僅かに伝わる振動で彼も横になったことが分かる。

「おやすみ。彩友美」

「はい……おやすみなさい」

自分の心臓の音が、耳に煩く響いてくる。顔も熱いままだ。こんな状態で寝られるのか。

彼は平気なのだろうか。

そんなことを考えている間に、隣から静かな寝息が聞こえ始めた。

――もう眠ってしまったの？

半身を起こしてそっと隣を見ると、よく眠っている。意識してあたふたドキドキしているのは彩友美だけだ。

『安心して』

この言葉には嘘偽りもない。修成の誠実さが彩友美の胸に響いた。

それでも意識せずにいられるほどの図太さがあるわけでもなく、眠りに落ちることができたのはしばらく後だった。

退院から一週間ほどは、療養を理由にして部屋に閉じこもることで人に会わずに過ごせていたけれど、いつまでもそれが通用するわけもない。

彩友美は僅かな時間ながらも部屋の外に出て、使用人たちに顔を見せるようにしている。

庭を散歩していると、庭木を剪定している庭師に声をかけられた。

「奥さま、おはようございます。ケガの方はもうすっかりいいんですか？」

庭師は脚立から下りて、彩友美に笑顔を向けてきた。

「おはよう。うん。この通り、元気いっぱいだよ！」

使用人たちは、幸いにも顔と名前を覚えている人ばかり。笑顔で挨拶をするだけでやり過ごすことができ、会話になってもそれほど困ることはない。

「そうですか、それはよかったです。退院されてから、しばらく姿を見かけなかったんで、心配していたんですよ」

やはり姿を見せないと余計な心配をかけて、妙な噂が立つこともある。こうして出歩くことは正解なのだ。

「あっ、それなら奥さま。旦那さまの朝のお見送りを再開していただけませんか」

「え、お見送りを？」

きょとんとした様子で尋ね返す彩友美を見て、庭師の表情が少し曇った。

「あ、そうよね。以前はしていたものね」

慌てて取り繕うと、庭師は苦笑した。

「はい……。旦那さまが、ちょっと朝の元気がないって、メイドたちの噂ですから。やはり奥さまの『いってらっしゃい』がないと」

「そう、なの」

彩友美の心臓が一瞬ひやりとする。今の会話では怪しまれただろうか？

それに、そんな噂があるなんて、執事にもメイド頭からも伝えられていない。怪しい、以前と違う、などと妙な勘ぐりをされてしまうと、困ることになるかもしれない。

「教えてくれてありがとう」

精いっぱいの笑顔を向けて庭師と別れた。

出歩くことによって元気な姿を見せられるのはいいけれど、それは以前と変わらない生活をしなければならないということだ。

——そういえば、メイドの時に修成さまのお見送りをしていたっけ。

けれども結婚後はどうやっていたのだろう。どんな様子で見送りをしていたのか、メイド頭に確認しようと考えながら母屋に戻るべく歩いていると、背後から声をかけられた。

「彩友美じゃないの！　丁度よかったわ」

「……え？」

「わあ、嬉しいっ。元気そうね！」

「きゃあっ」

振り向いた瞬間にいきなりがしっと抱きつかれて、驚きのあまりに頭の中は真っ白になった。顔もはっきり見ていない。それでも声と柔らかな体の感触と長い髪で、女性ということだけは判断できた。

——どうしよう、この人は誰なの？

間が悪いことに周囲にはメイドも使用人もおらず、抱きついている女性の名前を呼んで窘めてくれる人がいない。

四年の間に、新しくできた友人だろう。しかも会った瞬間にハグするなんて、かなり親しい間柄のようで、本人に名前を尋ねることなどできやしない。

さらにもうひとつ……困ったことに、女性はひとりで母屋まで来たのだ。案内がなくても敷地に入ることができ、しかもこの広大な庭で迷子にならないなんて、そんな人はごく限られている。

親族——これは、かなりヤバイ状況である。

「彩友美、いきなりでゴメンね。丁度近くまで来たから寄ったの。迷惑だった？」

パッと体を離して彩友美を見る女性の表情には、悪びれた様子など微塵も見えない。

やはり見覚えのない人だ。

——修成さまがいないのに、どうしたらいいの？

心臓がバクバクと鳴り、全身から冷汗が出る。

女性は緩くウェーブがかかったロングヘアで、桜色のスプリングコートを羽織っている。

年齢は修成と同年代だろうか。真っ赤な唇にコロンの強い香り、くだけた口調から感じる印象は彩友美より年上だと思えた。

『これが百合岡の親族だよ』

――あ、そうだ、結婚式の時のアルバム！

多少頬を引きつらせながらも女性に笑顔を向け、修成から見せられた写真を思い返してみた。

彼はアルバムを捲りながら、ひとりずつ丁寧に名前を教えてくれたけれども、あの中には該当する人物がいないように思う。結婚式には出席していないのかもしれない。

この場をどう切り抜けたらいいのか。焦ってしまって、いい考えが思いつかない。

「ううん、いいの。来てくれて、すごく嬉しい」

一拍遅れた状態で彩友美が言葉を発したせいか、女性は「ん？」と言って少し首を傾げて微笑んだ。そのままお互いに無言になり、少々気まずい空気が流れる。

――このままお帰りを願ったら、変……だよね？

つい先ほど『いいの』と言ってしまったために、今更用事があるから別の日にゆっくり話しましょうとも言えない。

女性の唇がもの言いたげに動きかけたのを見て、彩友美は咄嗟《とっさ》に玄関の方を指差した。

「あ、どうぞ上がって。すぐにお茶を用意するから」

屋敷の中に入れば、執事かメイド頭に助けを求めることができる。

女性を床の間のある客間に通し、急いでメイド頭を探すも、こんな時に限って見つからない。

「どこに行っちゃったの？」

震えた情けない声が出た。

彩友美以外の人はみんな、この四年の間に起こったことを知っている。自分だけがなにも知らない。逆に自分だけが知っていたこともある筈で、それを忘れていることが怖い。記憶を失っていると知った時から分かっていた事実だけれど、親しそうな女性が訪ねてきたことで、実感を伴って彩友美を襲っていた。

執事室を覗いても誰もいない。

戻りが遅くなれば、女性に不審がられてしまうかもしれない。そう思っても、正体を知らないまま相手をする度胸はない。

廊下をうろうろして途方に暮れていると、バケツを持ったメイドがこちらに向かってくることに気づいた。

ツインテールのメガネっ子は、彩友美よりもひとつ年上の吉高《よしたか》由《ゆ》真《ま》だ。自己紹介の時に『メイド服で仕事ができるなんて、最高ですぅ！』と、きゃぴっと言っていたのが印象的だった。聞こえてくる鼻歌のメロディは、流行りのアニメソングかもしれない。

「吉高さん！」

呼びかけると、ツインテールをふりふりと揺らして駆け寄ってきた。大きな目にぽってりした唇、彩友美よりも少し背が高くスレンダーな体つきをしている。

「はぁい、奥さま、なんでしょうか」

笑顔の彼女にふたりを見かけなかったか尋ねると、執事はボイラー室で修理会社の人に対応中で、メイド頭は数分前に隣家まで使いに出かけたとのことだった。

「おふたりとも、時間がかかると思いますぅ」

「そんな、どうしよう」

「奥さま。お困りなんですか？」

「そうなの、ふたりにしてほしいことがあったんだけど……」

「私にできることならやりますよ？」

そうだ。彩友美よりも一年長く勤めている彼女ならば、女性の正体が分かるだろう。お茶を運んでくれた後に、こっそりさりげなく名前を尋ねることができれば……！

「じゃあ、東の客間にお客さまがいらっしゃるから、お茶をお願い」

「了解で～す」

由真は満面の笑みを作って敬礼するようなポーズを取り、彩友美はごく自然に名前を訊き出す方法を思案した。その時。

「ああ、そこにいたの！　遅いから、様子を見に来ちゃったじゃない」

女性の声がしたのでふたりで一斉に振り向くと、彼女は怪訝そうな表情で足早にこちらに向かってくる。

それを目にした彩友美は「う……」とうめき声を上げ、由真は「お客さまって、奈々子《ななこ》さまだったの……」とぼそりと言った。

「えっ」

——奈々子さん！

苦労せずに知り得たとは、なんて幸運なんだろうか。おそらく、姓は百合岡だろう。

由真の呟きを天の助けのような心地で耳にした彩友美は、心底からホッとした笑顔で再度彼女にお茶を頼んだ。

「はぁい、すぐにお持ちしま～す」

由真の返事は心なしかトーンの下がった声音だった。

それを少々不思議に思ったがこれ以上お客さまを待たせるわけにいかず、彩友美は奈々子を伴って客間に戻ることにした。

とはいえ、まだ相手の名前が分かったのみ。これから先は当たり障りのない世間話で乗り切るしかないと決めるが、それも記憶のない彩友美にとっては高度なことで、再び心臓がバクバクと躍り始める。

テーブルを挟んで向き合って座ると、奈々子はじーっと見つめてくる。まるで全身を透かし見られているような心地になり、落ち着かないことこの上ない。

「失礼しまぁす」

間もなくお茶と菓子箱を運んできた由真に礼を言い、彩友美は奈々子に向き合った。

菓子箱の蓋を開け、百合岡家御用達の和菓子屋のお饅頭を勧めると、奈々子は「わあ、これ好きなのよ！」とご機嫌な様子になった。

「あの、奈々子さん。今日はどうしてこちらに来たの？」

「この近くにあるギャラリーの個展を見に来たの。フォトグラファーの南川真保《みなみかわまほ》さん、ほら、彩友美も覚えてるでしょ？　花と金魚をテーマにしたフォト」

「え、ええ、はい。もちろん」

今の彩友美にとって、覚えてるでしょ？　の問いかけは、冷汗を大量に発生させてしまう。受け答えする笑顔が引きつってはいないか、震えている指が奈々子の目に留まりはしないか、終始気が気じゃない。

「でもすごいわよね～。あの時の彼女が、個展を開くまでに有名になるなんてね。私たち思ってもいなかったわよね！」

その時は彩友美も一緒にいたような口ぶりに、心臓の鼓動が限界速度にまで到達して眩暈がしそうだ。南川と奈々子と彩友美、どんな関わりがあるのだろう。

修成の顔が頭に浮かぶが、助けを求めたくてもどうしようもない。

自分の対応力のなさがあまりにも情けなくて、彩友美は泣きそうになるのを堪えて声を絞り出した。

「そ、そうよね、すごく素敵なことだわ」

奈々子はお茶を飲みながら、上目遣いで彩友美をじーっと見つめている。

それがどことなくもの言いたげな視線に見えるのは、この身に負い目があるせいだと、必死に、自分に言い聞かせる。

「あのさ、ずっと思ってたんだけど……彩友美、雰囲気変わったよね」

「ええっ、そうかな？　多分、結婚したから？　生活が全然変わっちゃったからかな？」

「う～ん、そういうことじゃないのよね」

さらに探るような目つきになって考え込む仕草をする。完全に怪しまれているようだ。だけどまさか記憶を失っているとは思わない筈……というか、そうであってほしい。

「あ、それで、個展はどうだったの？」

「これから行くところで、彩友美も誘おうかなと思っていたんだけど……ごめん、また今度にするわ」

そうため息混じりに言ってバッグを手にしたので、彩友美は慌てて立ち上がった。

客間を出て互いに無言のまま玄関まで向かい、奈々子は軽い挨拶をして外で待機していた運転手とともに去っていった。

「失敗、しちゃった……」

その夜帰宅した修成に報告をすると「奈々子か」と呟いて、眉をひそめた。

「奈々子は俺の従妹。詮索好きでお喋りなとこがあって、俺と彩友美の関係に最初に気づいたのは彼女なんだ。それで瞬く間に親族に話が伝わって……まあそのおかげで、彩友美との結婚が早まったから、結果オーライだったけど」

「そう、なんですか」

修成の話を聞く限り奈々子は勘が鋭いようだ。しかし彼女は、ある意味ふたりのキューピットである。

「あの、私はどんなふうに奈々子さんと接していたんですか？　抱きつかれて、すごく親しそうにされたんです」

「会えば敬語で話す程度だったよ。結婚式当日はフランスに行っているから出席できないと言って、一度だけ『お祝い代わりに』一緒に出かけたことがある。それほど親しくない筈だけど、奈々子が抱きついてきたのは海外生活が長いせいだと思うよ」

奈々子は服飾デザイナーをしており、日本で過ごすのは一年のうち三分の一くらいで、あとはフランスで生活しているという。

彼女に『ううん、いいの』と言った時、少し首を傾げていた。きっとあの瞬間から、彩友美の態度に疑問を抱いていたのだろう。あの時に気づくべきだったのだ。

南川とは、一度だけ一緒に出かけた時に会ったのだろうか。いや、本当は面識がないのに、『あの時の彼女が』などと言ってかまをかけてきたのかもしれない。

「ごめんなさい。……記憶がないこと、ばれたかもしれないですよね」

「そうだな。でもばれていたら、その時は俺が対処するよ。彩友美は気に病まなくていいから」

「いいのですか?」

「大丈夫だよ」

彩友美の頭に修成の手のひらがぽんと乗せられて、心配しなくていいと言う。

親族にばれたら厄介なことになると言っていたのに、見つめてくる瞳はとても穏やかで、怒りも困惑している様子も見えない。不思議と、その時がきても彼に任せておけば大丈夫と思える。

手のひらからはただ彼の心の温かさだけが伝わってくる。言いようのない不安感と失敗して落ち込んだ気持ちが、いつの間にか和らいでいた。

『その時』は、それから間もなくやってきた。

奈々子の訪問から約二週間後の日曜日、百合岡家に親族が集まっていた。

由緒ある百合岡家は分家も多く二十家ほどあり、それぞれの家からは家長ひとりだけでなく夫婦で訪れたところもある。

三間続きの十二畳間の唐紙障子を取り外した大広間の両脇に、親族がずらりと居並んでいる。その光景は、正面の上座に座る修成が和服なことと、背後に飾られた屏風が金箔仕様なことも相まって、時代劇さながらの様相を呈している。

そんな中彩友美は上座の端の方、親族の並びから外れた位置で控えめに座っていた。それは元メイドであるとか出自が片親であるとか、そういった理由では決してなく、親族たちの視線から彩友美を守るという、修成のせめてもの配慮だった。

それでも親族たちがにやにやと嬉しそうに笑っていたり、隣に座る人とヒソヒソ話をするところが目に入ってしまうのは避けられない。彩友美はそれらから目を背け、なるべく修成の横顔を見つめるようにしていた。

コホンと咳払いをするような声が発せられた後、上座に最も近い席に座る初老の男性がやおら立ち上がり一族を見回した。あらかじめ修成から与えられた情報では、初老の男性は奈々子の父親である百合岡清吉《せいきち》だ。今回は彼が一族を招集したため議長を務めることになったという。

「では、お揃いのようですので、そろそろ始めてもよろしいかな？」

忍び笑いやささやき声がぱったりなくなり、みんなが清吉に注目する。いよいよ会議が始まるのだ。

まず本家の嫁――彩友美について〝懸念がある〟と、奈々子から報告があったと説明された。

「前回会った時と態度が違う。曖昧な答えしか返ってこず、まるで別人のようだ。試しに事実と違うことを言ってみたら、返ってきたのは肯定の言葉だった。不審に思い、知り合いの医師に相談してみたらこう言われたと言うのです。〝その人はもしかしたら記憶を失っているのではないか？〟と」

場が一気にざわめき、清吉からは静粛にするよう声がかけられ、すぐに一同の視線が修成に向けられる。

「まず、当主にお尋ねしましょう。事実なのか、お答えください」

発言が終わり、清吉はゆっくりと座布団に座り直す。それを見届けた後、修成は落ち着いた様子で口を開いた。

「このような会議が開かれるということは、すでにある程度の調べがついているのでしょう。だから嘘は申しません。彩友美が記憶を失っているのは事実です。誤って池に落ちた時に頭を打ちまして、ここ最近……四年ほどの記憶がありません」

修成の発言が終わるや否や、末席の方から声が上がった。

「四年も！　そんな状態で本家の嫁が務まるのですか！」

これを口火にして方々から意見が発せられる。

「我々は、以前の親族会議の折に、ふたりが愛し合っているからこそ、片親でどこの馬の骨とも分からない娘でも、仕方なく、渋々、結婚を了承したのです。これでは話が違う！」

「そうだ。記憶を失っているのなら、愛情も失っているのではないですか!?」

「その通り、もう愛し合っていない。記憶が戻る保証もないだろう。戻っても再び愛情を交わすことはないかもしれん。この先、いったいどうするつもりなんだ」

会議は喧々囂々《けんけんごうごう》としており、彩友美は肩身が狭い思いでいた。

嫁として歓迎されていないことは知らされているけれど、まさかこれほどまでとは思っていなかった。ケガをしたことに対する見舞いの言葉もなく、温情も感じられない。

それよりも記憶を失ったことが絶好の攻撃材料となっており、ここぞとばかりに攻め立てられている。

親族の視線から外れた位置にいる彩友美でさえ、針の筵にいる心地がするのに、正面から攻撃を受けている修成はもっと辛いに違いない。ついうつむきがちになるけれど、顔を上げて会議の行方をしっかり見守ろうとした。

修成は激しい意見が飛び交う中でもまっすぐ前を向き、横顔は当初とまったく変わらない。揺るがず、焦らず、凜とした佇まいでいる。それは信念を持っているからなのか。

「まあ、みなさん。お待ちなさい。これはいい機会でございましょう」

清吉が発言を抑えるように声を上げ、一同は間もなく静かになった。

「幸いにもまだ結婚したばかりで、子どももできていない。今のうちに離婚すべきではないですかな？　いかがかな？」

〝離婚すべき〟の言葉に、肯定の声が次々に上がった。

「こんな身分違いの結婚なんか、最初からうまくいく筈がないんですよ。だからご先祖さまが罰をお与えになったんでしょう」

そうだそうだと同意して嘲笑するような姿もあり、彩友美は胸に哀しみがせり上がってくるのを感じた。

どうしてここまで言われなければならないのか。

自分は結婚という形でとんでもない世界に入ったのだ。それでもかまわないと、一緒に乗り越えたいと思うほどに、修成を愛していたのだろうか。

目に涙が滲んで彩友美の視界が歪みかけた刹那、凛とした声が大広間に響いた。

「黙りなさい！」

会議が始まった時に発言したきり押し黙っていた修成の一喝は、すぐに一同を沈黙させる、燃え立つような気迫があった。誰もが喉を詰まらせ、悔しげに唇を歪めていたり、バツの悪そうな表情をしている。

それと同時に、彩友美の目に滲んでいた涙も胸にあった哀しい気持ちも、瞬間的に吹き飛ばされていた。

——修成さま……。

「誰であろうと、これ以上私の妻を侮辱することは許しません」

口調を荒らげているわけではなくとても静かな声音だけれど、人を圧する雰囲気がある。

この場にいる誰よりも年が若い修成の百合岡家当主たる威厳を目の当たりにして、彩友美は心が震えるのを感じていた。

「彩友美、こちらにおいで」

言いながら振り向いた修成の表情には優しい微笑みがあって、手招きされるまま彩友美はそろそろと近づいて隣に座った。

「以前にも言った筈です。一生をともにするのは、彩友美以外に考えられないと。離婚などあり得ません」

修成は彩友美の小さな手をしっかり握った。

「ごめん、震えてるね。大丈夫だから心配しないで」

隣にいる彩友美だけに聞こえる小さな声で言い、修成は再び正面を向いて一同の顔を見渡した。

「記憶喪失は一時的なのですぐに治ります。医師もそう言っています」

「で、で、でも、もし治らなかったらどうするつもりだ」

修成の威厳に気圧されながらの発言に、さざなみのように同意の声が広がり、再び清吉が手を上げた。

「それならば、こうしましょう。期限を決めてそれまでに戻らなければ離縁をしていただき、良家のご令嬢との縁談を考えていただきましょう」

「それは、断固拒否します」

即座に答える修成に、清吉が畳みかけるように言う。

「ほう、それは〝記憶が戻らない〟と言っているのと同じことですよ？　それに、この状況ではこうすることが一番いいと思います」

期限を設けることで一族の感情を抑え、期限までに記憶が戻れば堂々と婚姻関係を継続できる。双方にとって、たしかにいい案と思える。

そして彩友美にとっては、期限を決められた方が気持ち的に楽になると思えた。

「修成さま、そうしましょう」

「しかし……」

「ご本人も同意しておられます。ここはそうした方がいいでしょう」

修成は彩友美と清吉を交互に見てふと息を吐き、渋々といった面持ちで案を受け入れることに同意した。

期間は会議が行われた翌日より三ヶ月後の六月二十日。それまでに彩友美の記憶が戻らなければ、修成との婚姻関係は解消となる。

その場で作成された覚書にサインをし、百合岡家一族の会議は終了した。

三章　二度目の初夜

親族会議が行われたことにより、本家では彩友美の記憶喪失が周知となった。それにより屋敷の使用人たちが一丸となって、彩友美の記憶を取り戻すため協力してくれることになった。

普段から百合岡家一族の横柄な態度が気に食わない人が多く、それでも修成の人柄に惚れこんでいる使用人たちは、それはもうがっちりスクラムを組むような勢いだった。

我先になにかできることはないかと尋ねに執事のもとに集まり、そのことを報告された修成は苦笑を浮かべた。

「俺は間違っていたな……最初からみんなに打ち明けていればよかったんだな」

屋敷のみんなをもっと信用すればよかったと反省しきりの修成だったが、反対に執事は、自分にとって喜ばしいことだとにこりと笑う。この件で使用人たちの結束がより固まったことが、彼らの管理をするうえでもいいことだというのだ。

そんな使用人たちの中でも彩友美に協力的なのは、元仕事仲間のメイドたちだ。特に最も強い思いを持っているのは……この人だった。

親族会議があった翌日のこと。

彩友美がいつも通りにひとりで昼食を済ませた後、東の棟に向かって縁側を歩いていると、後ろからパタパタと走る音が聞こえてきた。

何事かと思いながら振り返ると、ツインテールをぴょこぴょこ揺らしながら突進してきたメイドが、彩友美にしっかりと抱きついた。

「ひゃあっ」

つい先日とのデジャヴを感じながらも相手が由真だと覚った時には、耳元で大きな声がしていた。

「奥さまぁ、あの時に知っていたら、こんなことにはならなかったのに！　私……ごめんなさぁい！」

「それは気にしないで。私もあの時あなたに話していたらって、後悔してるんだから、お互いさまなの」

彩友美と由真は相当仲がよかったように思える。ふたりでどんなことを話したのか、一緒に出かけたりしたのか、覚えていないことが切なくなった。

「うわぁ、やっぱり奥さま優しいっ。もぉ、私大好きですぅ」

「きゃっ」

ますますぎゅうっと抱きつかれて由真の体重が乗り、スレンダーとはいえ自分よりも背の高い彼女は予想以上に重くてよろけてしまう。転ばないように必死で足掻いていると、彼女の体が離れてすぅっと軽くなりホッと息を吐いた。

由真の顔を見るとメガネの奥にある大きな瞳がうるうると濡れていた。記憶喪失の件には、大変なショックを受けたようだ。

「奈々子さまって人がよさそうに見えるけど、実はすっごい腹黒なんですよぉ。奥さまの様子に気づいたら、本当に親切な人なら黙っておくか、修成さまに尋ねるなりするでしょう？　なのに、いきなり親族会議に発展させるんですからぁ。最悪です」

そう言われれば、腹黒かもしれない。

でも、彩友美が当主の嫁の座を失うと、奈々子にはなんのメリットがあるのだろう。ほかの親族と同じように家柄を守りたいだけなのだろうか。

修成は百合岡家の当主であることに加えて、百合岡製薬の次期社長である。そのうえ、国内トップレベルの国立大学薬学部・大学院薬学研究科出身の秀才……いや天才だ。

これらは百合岡家で働き始めた時のオリエンテーションで聞いて、思わず目を剝いてしまったことだ。

それに引き換え、彩友美の最終学歴は高等学校。顔はごく平凡なもので、身長も百六十センチとそれほど高い方ではない。ふわふわふっくらとよく育った胸と風邪も滅多に引かない健康な体以外は、なんの取り柄もないのだ。

こんな彩友美に百合岡家の嫁が務まるのだろうか。親族が反対するのはもっともなことだと納得してしまう。

記憶を思い出した方がいいとは思うけれども、余計な騒動を起こさないためには記憶が戻らない方がいいような気もする。でも一族を敵に回してでも自分を守ってくれた修成は、ときめいてしまうくらい素敵だった。彼のためには、元通りにならねばならない気もする。

親族会議の後修成に言われたことは、たったひとつだけだった。

『彩友美は、なによりも体を大事にすることが一番だよ』

ひょっとして修成は、子どもをたくさん産めそうな、彩友美の健康な体が気に入ったのかもしれない。しかし、その唯一自慢の健康な体が今は……。

考えれば考えるほどに落ち込んでしまう。だって本当に自分のどこが好きになったのか、はなはだ疑問なのだ。

「奥さま？　ずぅっと考え込んで、大丈夫ですかぁ？」

由真が心配そうに顔を覗き込んでいる。彼女に尋ねればなにか分かるだろうか。

——でも……普通は知らないよね。

メイドにとって、修成は話しかけるのも憚られるような雲の上の存在なのだ。ましてや恋の話などできる筈もない。

それでも、本当に記憶を戻した方がいいのか否か判断するために、少しでも情報を得る必要がある。

「結婚期間はまだ短いけど、私と修成さまはどんなふうに生活をしていたの?」

「それをお聞きになりたいなら、奥さま、みんなのところに行きましょう!」

メイドたちは休憩時間の真っ最中で、多くは使用人食堂の隣にあるメイド専用の休憩スペースで休んでいる。テレビや雑誌にお茶や珈琲などがあり、冬はこたつ、夏はエアコンがつけられ、一年を通して大変くつろげる部屋になっている。彩友美もつい先日利用した記憶がある。

由真と一緒に部屋に入ると、わっと声が上がり駆け寄ってきた。メイドたちは上は五十代から下は十九歳の新人まで、住み込みと通いを合わせれば総勢二十五名ほどいる。彩友美が覚えている顔もあれば、知らない人もいた。

「みんな、奥さまと旦那さまが結婚してどんなふうに過ごしていたか、知ってるだけ教えてさしあげて」

由真が声をかけると、みんなの瞳がきらりと輝いた。

「そりゃあもう、おふたりはすごくラブラブですよ!」

「そうそう。とにかく、旦那さまの奥さまに対する愛情が半端じゃありません！」

「旦那さまはいつも奥さまを大切そうに扱ってらっしゃるんです！」

方々から一斉に話されてしまい、彩友美は目を白黒させながら「順番に話して」とお願いした。それならば奥さまが順番を決めてくださいと言われ、彩友美は手のひらで一番年若のメイドを示した。

「それではあなたから、どうぞ」

「おふたりで庭を散歩する姿をお見かけしたんですけど、手を繋いでてとても仲睦まじくて。私も結婚したら〝あんなふうになれたらいいな〜〟って羨ましくなりました。すごく憧れなんです」

「おふたりは、近くに寄るとやけどをしそうなくらい熱々ですよ。玄関では人目も憚らずに、いってきますのチュッなんてしたりしますし！」

その場面を思い出したのか、またはそんなことがあったのを知らないのか、由真を含めた数人のメイドが「きゃ〜っ」と歓声を上げた。

『旦那さまの朝のお見送りを再開していただけませんか』

メイドたちの興奮する様子を見つめながら、庭師の言っていたことを思い出した。あの時彼は、『ちょっと朝の元気がない』と、メイドたちが噂をしていると言ったのだ。

「あの、そんなことを、修成さまがなさったの？」

「ええ、そうですよぉ。あの時は玄関でふらついた奥さまを抱き上げて、そのまま口づけされて。その後丁寧に奥さまをおろして、爽やかな笑顔で〝いってきます〟って！」

由真はその場にいたのだろう。頬を染めて恥ずかしそうに語ってくれた。

「修成さまはとても穏やかなお方ですけど、内にはとても熱いものを秘めていらっしゃるんですよねぇ」

一番年嵩のメイドが言ったことに一同が深くうなずいた。

「修成さまは……そんなに私のことを愛してくれているの？」

「もちろんです～！　愛されてますよ～。だから自信を持ってください」

「私たちは、奥さまと旦那さまを応援しますよ」

「ありがとう、みんな」

メイドたちに再度お礼を言って、休憩室から出た。

修成の愛情は一緒に過ごしている時にそれなりに伝わってくるけれど、どうしてそこまで愛されるに至ったのかが謎だ。

だって彩友美の記憶の中の修成は、母屋の奥深くに部屋があり、メイドとして働き始めた時に「よろしくお願いします」と挨拶したくらいで、日常ちらりと見かけることはあっても、目を合わせたり、ましてや言葉を交わすなどとんでもない、遠い存在だったのだ。

仕事はスーツで出かけるけれども家では和服で過ごすお方だから、余計に近寄りがたく思える。

それなのに、なにがどうなって熱愛するに至ったのだろう？？

話すようになったきっかけは？　どうやってお互いの気持ちを確かめたの？　そしてプロポーズはどんなふうに……？

この世に生まれて十九年（実際は二十三年なのだけど）一度も恋をしたことがない彩友美にとって、忘れてしまった修成との恋愛のプロセスはほかには代えがたい大切なものだ。

身分差を乗り越えて燃え上がった思いは、想像するだけでもたいそうドラマチックである。

そんな素敵な出来事を忘れているなんて、なんて残念なことなのか。思い出したい。思い出さなければならない。自分のために、それ以上に修成のために、本気で記憶を戻さねばならない。

まず、目覚めた時に覚えていた玄関の清掃の光景を頭に思い浮かべた。その後の記憶がぱったり途絶えているのだから、その先を少しでも思い出せれば記憶を戻す糸口が見つかるかもしれない。

——私は、玄関の三和土をせっせと箒で掃いている。

天気がよくて、風が気持ちよくて。枯れ葉が数枚外から吹き込んできた。それを手で拾って塵取りに入れ、また吹き込んできやしないか気にして、戸外の枯れ葉の有無を確認している。

箒を動かす自分の動きに重ねるかのように、頭がズキンズキンと脈打つように痛む。

けれどまだこれくらいなら大丈夫、我慢できる程度だ。思い出したいのだから、こんな頭痛に負けてなんていられない。

彩友美は懸命にその先の光景を思い出そうとした。

──掃いた後は、固く絞った雑巾で靴箱や戸の桟《さん》を拭いて……それから？　それから私はどうしたの？

その後は真っ白でなにもない平原に迷い込んだような感覚に陥る。右も左も上も下も靄が漂うばかりで、玄関清掃から一ミリも進むことができない。

それでもめげずに頭の中を深く探ろうとすると、頭の痛みが増幅してきた。ズキズキとまるで頭蓋骨が割れるかのような激しい痛みに耐えかねて、とうとう頭を抱えてその場に座り込んだ。

耳鳴りも始まって頭の中にわんわんと響き、吐き気までもよおしてきた。

──息が、苦しい……助けて……。

「きゃあぁ、奥さま、奥さま!?」

「大変！　奥さまが！　誰か、誰か、旦那さまを……」

誰のものとも分からぬ叫び声と多数の足音がして、自分の体が何者かの手によって動かされる感覚を最後に、彩友美の意識はぷっつりと途絶えた。


花に埋もれている夢を見ていた。

色とりどりのとても綺麗な花。でも名前も分からないその花たちは香りも質感もなくて、ただそこにある映像のような空虚なものだった。触れようとすれば掻き消えてしまうけれど、眺めるだけならばそこで綺麗に咲いている。

まるで今の彩友美の立場を象徴するかのような、儚いもの……。

そこまで認識して、ハッとする。

——そういえば私、記憶を引き出そうとして、倒れたんだっけ。じゃあ、ここは……。

目を開けてみれば、予想が外れて彩友美がいるのは病室ではなかった。

ここ最近見慣れた竿縁天井が目に入り、繭のような和紙電灯には明かりが点っている。

ふかふかの布団に寝かせられていて、額には濡れたタオルが当てられていた。

「彩友美？　目が覚めたのか？」

不意に額にあるタオルが取り除かれて、冷え切ったその肌に温かな手のひらがそっと乗せられた。伝えられてくる優しさが、じんわりと全身に広がっていく。

「気分はどう？」

「はい、もうなんともありません。ご心配かけてすみません……もう夜なんですね」

意識が途切れたのは、多分三時頃だった筈だ。

「そうだね、今は七時だから、彩友美は四時間くらい眠っていたことになるな。お腹空いてる？　なにか用意してもらおうか」

修成に問われて意識した途端、グ～ッとお腹の虫が鳴いた。仕方がない、記憶喪失の弊害があるだけで体はすこぶる元気なのだ。

「うん、元気そうでよかった。食欲は俺の予想以上にありそうだ」

クスッと笑われて恥ずかしさを覚えながらもうなずいた。

「じゃあ、お粥じゃなくて、普段通りのメニューでいいね？」

「はい、お願いします」

用を言いつけに修成が寝室から出た後、彩友美はゆっくりと身を起こした。倒れる前に身に着けていた衣服とは違い、浴衣に着替えさせられている。

——誰が替えてくれたのかな。まさか、修成さま……じゃないよね？

きっとメイドの誰かがしてくれたのだろう。修成がちまちまと服を脱がせて、せっせと浴衣を着せるところなど想像できない。それ以前に、そんなことをされていたら身もだえするほどに恥ずかしい。

——うん、そう、違う。絶対あり得ないから！

しかも下着を着けていないのを確認してしまい、いくら相手がメイドだったとしても、照れくささが湧き上がってくる。

――でもよかった。ショーツはちゃんと穿いてる……。

ひとしきり自分の気持ちと闘ってようやく落ち着き、浴衣の襟元とはだけがちな裾を直して寝室内を見ると、いつもはそこにないものが置かれていた。

修成の文机《ふみづくえ》と座椅子である。

文机の上にはノートパソコンと書類らしきものが何枚か置かれていた。

――修成さま、仕事をしていたの？

いけないと思いながらも書類を見ると、彩友美には到底理解できない文章――英語らしき言語が書かれていた。

普段は寝室の隣に置かれている文机がここにあるということは、連絡を受けて急いで帰ってきて、彩友美の様子を見ながらここで仕事をしていたということだ。ノートパソコンの横にはスマホもあって、着信ランプがちかちかと光っている。

「ほんとに、迷惑かけちゃってる」

ぽつりと零すと、桜模様の唐紙障子がスラッと開いて修成が戻ってきた。手には食事をのせたお膳を持っていて、まさか自ら運んでくるなんて思いもよらず、さらに申し訳ない気持ちでいっぱいになった。

――百合岡家のご当主にそんなことをしていただくなんて！

「すみません！　お忙しいのに、私がやりますっ」

お膳を持とうとするとスッと高く上げられてしまった。二十センチほど差のある身長でそれをされると、背伸びをしてもようやく指先が触れるくらいだ。無理に取ろうとすればバランスを崩して零してしまうかもしれない。

「ダメ。俺がしたいんだから、彩友美にはさせないよ。ほら、零れるといけないから大人しく座って待ってて」

そんなことを言われても、十九歳のメイドのままの心の中では、彼は雲上の存在であって決して対等な立場ではないのだ。

伸ばした手を簡単に引っ込めることができず、逡巡する。けれど再度「座って」と言う修成の頑なな声音に気圧され、おずおずと座った。

修成はいったんお膳を畳の上に置き、彩友美に座布団に座るよう促した。素直に従って正座をすると改めてお膳が正面に置かれる。

「料理長が消化にいいものを用意してくれていたよ」

お膳には白身魚の甘酢餡かけと青菜と練り物の和え物、それにご飯とお味噌汁がのせられていた。修成の夕食とは別メニューで作られていたらしい。

「いただきます」

料理長に感謝しつつ手を合わせてお箸に手を伸ばす。ふと修成の視線が気になった。じっと見つめられていると少々食べづらい。

「修成さま、スマホの着信ランプが光ってますよ」

それとなく『どうぞお仕事してください』と促してみると、彼はスマホの着歴を確認してすぐに文机に戻してしまった。

「……いいんですか?」

「仕事は明日でもできる。でも、彩友美のことはそうじゃない」

生活をしていくため、そして百合岡家に関わるすべての従業員の生活を守るためにも、仕事は大事だけれど、優先順位を間違えたらいけないと言う。

「念のために確認したいんだけど、田島院長は無理に記憶を取り戻そうとすると、激しい頭痛に襲われると言っていた。倒れた原因はそれだったのか?」

修成からの問いに、彩友美はこくりとうなずいてみせた。頭痛が起きるという予備知識はあったけれども、まさかあれほどまでに具合が悪くなるとは思ってもみなかった。

「今回は、院長先生がこちらに来てくださったんですね?」

今度は修成が首を縦に振った。

メイドたちは救急車を呼ぶ事態だと騒いだけれど、執事から連絡を受けた修成の冷静な判断により、病院と連絡を取った結果、院長が往診に来ることになったという。

「食べながらでいいから、どうしてそうなったのか話してくれないか？」

何故それほどまでにして記憶を戻そうとしたのか。修成が知りたいのはそこだろう。

――どうしよう。

それを正直に言うには、だいぶ気恥ずかしさが伴う。けれど彩友美に対して誠実な態度で接し、常に深い愛情を向けてくれる彼に嘘など言えない。

「三ヶ月なんてすぐに過ぎてしまいますから、早く記憶を取り戻したかったんです。それに、その……修成さまと過ごした日々を忘れてしまっているのが、とても切なくて。どうしてお互いの距離が縮まったのか、いろいろ知りたくなったんです」

顔がとても熱くて、赤く染まっているのが自分でも分かる。思わずうつむいていると、文机の傍にいた筈の修成の膝が、スッと視界に入った。

「彩友美の気持ちはとても嬉しいよ。でも、頼むから無理をしないでほしい。たとえ記憶が戻らなくても、もう一度俺に惚れてくれればいいんだ」

「修成さま……」

――もう一度、修成さまに恋をする……？

彩友美に向けられる修成の思いは揺るがずまっすぐで、その熱を持った瞳で見つめられるだけで胸が震えてしまう。

これでは三ヶ月と待たず、すぐにでも恋に落ちてしまいそうだ。

彼は身長が高くて端整な顔立ちで、そのうえ頭脳明晰、男性としては申し分ないスペックの持ち主だ。そんな百合岡家のご当主に求められても恋に落ちない。そんな鉄のような心を持つ女性など、この世に存在するのだろうか。

親族会議で、彼らは言っていた。

『ふたりが愛し合っているから渋々結婚を了承した』と。

それならば、もう一度愛し合えばいいのだろうか。そうすれば、彼の望むように婚姻が継続できるのか。事はそんな単純なものではないような気もする。

――だから、それだけではいけないと思うの。

根本的な解決にはならず、親族は事あるごとに彩友美の記憶がないことを責めてくるだろう。立場を揺るぎないものにしなければいけない。

「修成さま。やはり、ちゃんと記憶を取り戻さないといけないと思うんです」

思ったことを伝えると、修成は一拍置いてからうなずいた。

「そうだよな。そうするのが一番いいんだけど」

そう言ったきりしばらく考え込む仕草をした後、いいアイデアを思いついたように微笑んだ。

「それなら、こうしようか。彩友美に負担がかからずに、少しでも自然に記憶が戻るように、記憶を失う前と同じ生活をしよう」

たしかに闇雲に頭の中を探って頭痛に苦しむよりはいいと思える。なにより、今までしていた生活をすることで、記憶を引き出しやすくなるかもしれないのだ。暗闇の中に小さな光が点ったような心地になった。

「はい、とてもいい考えだと思います。是非そうしてみましょう。それで……失う前の生活というと、私はメイドに戻るということですか？」

「違うよ。離れて暮らすことは許さないからね。俺との新婚生活を再開するんだ」

「再開……ですか？」

「そう、もちろん、夜も今まで通りにするよ。その覚悟はいいかな？」

「え、夜って……！　あ、あの、つまりそれは……」

――ど、どうしよう。それって、昨夜までのように〝一緒の布団で眠る〟というだけではないよね。

真っ赤になる彩友美の頬を、修成は両手で優しく包み込んだ。

熱を帯びた眼差しに捕らえられて、彼から醸し出される男性の色気と、自分の心臓の高鳴りと恥ずかしさが混ざり合い、息をするのも忘れてしまって眩暈がしてきた。

「俺に抱かれているうちに、思い出すかもしれないんだ」

ふたりは結婚しているのだから、そういうことがあったのは当然で、決しておかしなことではない。ただ、彩友美が覚えていないだけだ。

彼に抱かれたら、ひょっとしたら、本当に思い出せるかもしれない？

初夜など、相当なインパクトのある出来事だった筈だ。その時と同じことをしてもらえれば……。

——ちゃんと、しっかり自分の体と向き合わなきゃ。

「そ、そうですよねっ」

「それは、ＯＫということでいいのかな？」

まったくの初めてではない。そして修成は夫なのだ。戸惑うことはなにもない。そう自分に言い聞かせ、大きくうなずいてみせた。

安堵したように目元を緩めて笑った彼は「お膳を片付けてくる」と言い残し、寝室から出ていった。

後に残された彩友美はドキドキする心臓をなだめながらも、身支度をするべく立ち上がった。

乾いたばかりの髪を触ると、シャンプーの香りがほんのりと漂う。あれからすぐに清潔にした体は、僅かに石鹸の香りがしてほかほかと温かい。

ともすれば熱いくらいで、それが湯に入ったゆえのぬくもりなのか、これから起こることに対する緊張から生じる熱なのか。どちらなのかと迷うほどに胸が高鳴っている。

すでに経験しているとはいえ、記憶は十九歳の処女のままなのだ。

入浴を済ませてきたのはいいけれど、寝室へと続く唐紙障子を開けるのを戸惑っていた。この中に修成がいると思えば、どうしようもなく緊張して指が震えてしまう。

それでもずっと突っ立っているわけにもいかず、勇気を出してそろそろと開けた。

修成は浴衣姿で座椅子に座っており、少し仕事をしていたようだった。彩友美が寝室に入るとすぐにノートパソコンを閉じて立ち上がる。

電灯を消して行燈の明かりを点し、唐紙障子を背にして固まっている彩友美の前まで来るとスッと身を屈めた。

「彩友美、おいで」

膝裏を掬われて、急な浮遊感に襲われてぎゅっと身を縮めた。

「きゃっ」

「あの日もきみはそんなふうに声を上げたな」

クククッと喉の奥で笑い、少し楽しげな様子の修成にすいすい運ばれて、彩友美は布団の上にそっと下ろされて座った。

正座する彩友美と向かい合うように、修成は静かに腰を下ろす。

「あの日って、その……しょ……初夜のことなんですか？」

初夜という単語さえ口にするのも恥ずかしく、頬を朱に染めてうつむいた。

自分でも初心すぎると思うけれども、男女の営みとは無縁の生活から急に〝あなたは人妻ですよ〟と言われても、身も心もついていかないのは当然なことだ。

うつむいた彩友美の顎に手が添えられて上を向くように促され、不意にされたことに驚いて肩をビクッと揺らした。

「そう。彩友美はあの時もこんなふうに緊張していた。俺は、そんなきみが愛しくてたまらなかったんだ。今も、そうだよ」

そう言ってふわりと笑う。

穏やかだけれど熱を帯びた瞳が、行燈の光に照らされて輝いて見える。楽しそうな雰囲気に思えたのは、気のせいではなかった。

「俺はあの日と同じことをするように、頑張ってみるよ」

「はい……」

――今は、お願いしますと言うべきなのかな……？　でも……。

膝の上でもじもじ擦り合わせている彩友美の手に、修成の手のひらが重ねられた。指の震えをなだめるように、肌の表面をさらさらと撫でる。

どきどきするけれども落ち着くような、でも体の芯は熱くなっているとても不思議な感覚。修成に触れられることが嫌ではないと、却って嬉しいと感じていることに気づいた。

これは記憶の中での感情がよみがえっているせいなのか。けれども、明確な映像はなにも頭の中に浮かんでこない。

それでも無理に思い出そうとしたらいけない。また、倒れてしまうから。

自分の手を覆っている修成の手のひらに視線を落とした。指が短めな彩友美の手と違って、長い指と少し血管の浮き出た手の甲がとても男性的だ。今からこの手に全身を触れられる。そう考えると恥ずかしいけれど、少し期待している感情も胸の端に見え隠れしている。

そんな自分に戸惑いを覚えながら視線を上げると、まっすぐに向けられている修成の眼差しとぶつかった。

その表情には、先ほどまで浮かべていた微笑みは消えている。ただひたと見つめてくるその瞳からは、『一生をともにするのは、彩友美以外に考えられない』と、親族たちにきっぱりと言ってくれた彼の思いが伝わってきた。

手を包んでいた彼の手が彩友美のサイドの髪を撫で、ついで指先に髪を絡めた。するすると零れる髪の感触を楽しむように、幾度も指を絡める。

「少しだけ髪が伸びたね」

肩甲骨辺りまであるストレートの黒髪は一度も染めたことがなく、行燈の柔らかい光でも艶々としている。

「修成さまは、長い方が好きですか?」

「彩友美に似合ってさえいれば、どちらでも好きだよ」

時々肌を掠める修成の指遣いが心地よくて、うっとりと目を細めた。いつの間にか緊張も収まっていて、力の入りがちだった肩も解れている。

――まるで、魔法にかけられたみたい……。

そんなことをぼんやりと考えていると、髪を梳いていた手のひらに左の頬を支えられて、そっと唇が重ねられた。

瞬間ぴくっと肩が揺れた彩友美の体をなだめるように、修成の手のひらが背中をさする。重ねただけでいったん離れた修成の唇は、息がかかりそうな位置でとどまっている。

彩友美がそっと目を開けてみると、切なげな瞳が目の前にあった。

頭痛で倒れて目覚めてからこの数時間の間に、彼はいろんな表情を見せてくれる。それがすべて彩友美に対する感情の表れなのだ。

「愛してるよ。彩友美」

再び唇が重ねられ、ぬるりとしたものが唇を割って彩友美の中に侵入してきた。

「ぁ……ん」

思わず声を出した利那にするりと奥まで入り込んだそれが、舌裏を優しくくすぐって腰がぞくぞくと震えてしまう。鼻から熱い吐息を漏らし、修成の背中に手を回して浴衣をぎ

ゆっと握りしめた。

舌の裏側がこんなに感じるなんて知らない。

そんなちょっとした衝撃を受けているそばから、修成の口中への愛撫は深まり、彩友美の新しい扉がどんどん開かれていく。

舌を軽く吸われてピリッとした刺激を与えられた後、なだめるように優しく絡められ、その痛みと甘さのギャップに酔いしれてしまう。

修成の舌遣いの妙に溺れて、耳に響くのはお互いの漏らす吐息と舌の絡み合う音のみ。今現在自分が座っているのか、横になっているかも分からない。彩友美の世界は修成でいっぱいになっていた。

唇が離れてふたりの間に繋がった銀糸が切れ、そっと目を開けた時には、彼の体が自分に覆いかぶさっていた。

——いつ、横たえられたのかな……。

体が反転したのも、背中に布団が当たった感触も覚えがない。口づけだけで我を忘れさせられるなんて……この先はどうなってしまうのか。

熱に浮かされたような潤んだ瞳で修成を見つめていると、彼はふと目元を緩めた。

行燈の明かりに照らされたその表情がとても妖艶に見えて、自然と体の深部に熱が点っている。記憶がなくても、体は覚えているのだろうか。

「今夜は、二度目の初夜ってとこかな。朝まで離さないよ」

そんな台詞を甘くささやかれると、怖いような、逆に嬉しいような、相反する感情が胸の内で交じり合う。

——初夜も、そうだったの？？

「あの、朝までって……あの」

焦って困惑した声を出した彩友美の唇に、修成の指先が触れた。そのまま濡れた下唇を摘まみ、柔らかさを楽しむようにふにふにと弄ぶ。

「今夜は初夜と同様に、俺がどれだけ彩友美を愛しているか、しっかり伝えるつもりだよ。朝までしても時間が足りないくらいなんだ」

彼の顔がスッと脇に沈み、彩友美の耳朶にカリッと歯を立てた。ついで息を吹きかけられて、耳朶を舌先で転がされ、連続して与えられる刺激に首筋がぞくぞくと震えて目に涙が滲んだ。

「あ……っ……お、お手柔らかに、お願いします」

「大丈夫。俺に身を任せてればいいから」

耳の傍で甘い声音でささやかれると、それだけで腰がぞわぞわする。

耳を愛撫していた舌がつーっと首筋を下って鎖骨のくぼみを通り、唇で浴衣の襟を銜えてはだけさせた。豊かな胸元が露わになり、行燈の明かりが深い谷間に陰影をくっきりと作る。そこに顔を埋められてすぐにチクッとした刺激に襲われた。

その刺激のおかげで少しばかり我に返った彩友美は、ハッと、あることに気づいた。

「あっ、あのっ……修成さまっ」

「ん？　なに？」

「行燈の明かりを、消してほしいです」

「いいけど……消しても、今夜は同じだと思うよ」

——え？

枕元にある行燈の明かりを消してすぐに、彼の言葉の意味を理解した。布団脇にある丸窓障子から煌々と月明かりが射し込んで、行燈の明かりに負けないほどに彩友美の体を照らしている。

「今夜は満月なんだ」

障子を閉めた状態でもこれほどに明るいなんて。

修成に抱かれる緊張に気を取られすぎて、今夜が満月なことにちっとも気づいていなかった。

「どうせなら、障子を開けて、月見しながらしようか？」

修成はそう言って丸窓障子を開け放ち、彩友美の体を抱き起こした。

そのまま彼の膝の上に乗せられて、背後から抱きしめられる格好になる。

「わあ……すごく綺麗」

庭木の枝の向こうに煌々と光る満月が空に浮かぶさまは、丸窓を額縁代わりにして一枚の絵画のように美しい。ゆっくり流れる雲が月の光に照らされて、金色に輝いて見える。

「そうだね……今夜は、格別だ」

体が密着しているおかげか、背後から全身に響いてくる修成の声が心地いい。穏やかで険のない彼の少し低めの声音が好きだな、なんて密かに思う。

「ごめん。頑張るって言ったけど、初夜の通りにできそうもない」

背後から回された修成の手のひらが浴衣の上から柔らかな双丘を包み、円を描くようにゆっくりもみほぐし、小さな蕾を探り当てた。先端をすりすりと指先で擦られて彩友美の肩がピクンと跳ね上がる。

「あん……」

「彩友美はそのまま月を見ていて」

サイドの髪をそっとはね除けられ、彼の舌が耳から首筋までチロチロと動いていく。手のひらは胸をもみほぐしながら親指で先端を擦られて、彩友美は声にならない吐息を漏らした。

ふたつの膨らみの先端は、もっと触れてほしそうにみるみる硬くなって尖り、浴衣の上からでも存在が分かるほどになっている。

漏らす吐息は、自分でも熱いと感じるほどだ。

――こんな状態で、月見なんて無理……。

チュッと耳の下辺りでリップ音がして、そのこそばゆさに首をすくめる。その瞬間彼の指が浴衣の襟にかかってスッと大きく左右に広げ、ふっくらした柔らかな白い肌が露わになり、ぷるんと大きく揺れた。

すかさず親指と中指で桜色の蕾をきゅっと摘まみ、人差し指の爪でカリカリと先端を優しく擦る。

「あ……や、んっ」

「それから、こうされると、きみは弱いんだ」

そう言って彼はいったん指を自らの唾液で湿らせると、ゆっくりと円を描くように蕾を弄び始めた。なめらかに動く指の腹が経験したことのない快感を生み出して、彩友美は思わず声を漏らした。

「あっ、あ」

先端を指先で小刻みに弾かれると、さらに快感に襲われて呼吸もまともにできず、荒い息が唇から零れる。

ぐったりと全身の力が抜けてしまい、全面的に身を預けた。

腰の辺りがどうしようもなくじりじりと熱くて、体の力は抜けているのに、脚がもじもじと動いてしまう。

もっと触ってほしい……そう思うけれど、具体的にどこにどう触れてほしいのかよく分からない。多分全身くまなく、彼に触れてほしいのだ。

腰紐が解かれて、はらりと浴衣が脱がされた。ショーツ以外の布が取り除かれてしまい、素肌が満月の明かりに晒された。

反射的に隠そうと伸ばした手を捕まえられて、片手でひとつにまとめられる。

「隠すなんて、いけない手だな」

「あぁ、だって……」

まだショーツを穿いているとはいえ、身を隠すものがほとんどないのは、なんとも面映ゆい。

「恥ずかしいんです」

離してほしくて懇願するように言うけれど、修成は却ってまとめる手を強く握った。

「それは今更だよ。俺は彩友美の全部を知ってるんだから」

修成の指先が下腹部に下りて、ショーツの上からつーっと割れ目を辿った。

「やん、んっ」

「当然、ここもだよ」

布の上から花芽を探り当てられ、小さな電流が走ったかのように体がぴくんと震えた。

そのまま指の腹でくりくりと擦られて、蜜壺からじわりと蜜が溢れるのを感じる。

「あぁっん、あ」

修成の指がショーツの中に忍んできて、するりと蜜口に触れた。クチュ、と淫らな音が彩友美の耳にも届き、相当に濡れていることを自覚する。

少しばかりの羞恥を覚えるけれど、先ほど蜜が溢れるのを感じたのは間違いではなかったと妙に納得した。

けれどそれも一瞬のことで、すぐに蜜を塗り付けるかのようにぬるぬると動く修成の指に翻弄されてしまう。

割れ目を上下するように動く指は敏感な花芽をも同時に擦っていて、つい先ほどまで感じていた羞恥など、一気に吹き飛ばされていた。

「あっ……あっ」

自分の中に異物が入ったのを感じて、それが彼の指だと分かった時には柔ひだを強く擦られて、さらなる快感に落ちていた。

彼が指を動かすたびにチュクチュクと音が鳴る。これが自分の体の内から出ている音だと思うと、何故だか興奮する。

月明かりに照らされている自分の体が、とても艶めかしく思えて、ぎゅっと目を閉じた。そうすれば余計な感覚が遮断されて、より強い快感を生む。

両手はいつの間にか自由にされていて、気づけば彩友美は布団の上に寝かされていた。修成の手によってショーツがするすると脱がされて、脚が左右に大きく開かれる。

——え……？

開かれたその間に修成の頭が入り込み、指先で花弁を広げて花芽をむき出しにし、舌先でチロチロと嬲っている。

「ああっ、あ、待って、あっ、やっ……ああっ、よし、なりさまっ」

上下左右に花芽を嬲られて、強い快感に耐えかねて彼の頭を押さえようと手を伸ばすと、手を繋がれて阻まれた。手のひらを合わせて指を絡められてしっかり握られると、振りほどくことができない。

「あっ、あぁん、んんっ」

さんざん舌で嬲られて気持ちよさを刷り込まれた花芽がチュッと強く吸われて、彩友美は握られていた手を強く握り返した。まるで下半身に電流が走ったかのような強い刺激で、広げられた脚がぴくぴくと小刻みに震えている。

軽く達していた。

肌を桜色に染めて息を乱している彩友美の頬を包み、修成は妖艶に微笑む。

「こんなもんじゃないよ。まだまだ、これからだからね」

——え、まだ、先があるの……？

彼の瞳は艶がありながらも、どこかイジワルな色も含んでいる。

まるで甘い獣のようなそれに気を取られていると、自分の中に再び指が入り込むのを感じた。さっきよりもスムーズに根元まで入ったそれは、本数も多く感じる。

「あぁあっ」

最奥まで入った指の腹が、彩友美の一番感じる部分を強く擦った。

「ここは、俺しか知らないポイントだけど……どう？　ここ……思い出せない？」

問われても分からない。けれど指がそこを擦るたびに体の深部に火が点いたように熱くなって、その熱を逃す術も知らない。

淫らな音を立てながら柔ひだへの強い愛撫が続くうちに、体の内部からなにかが駆けあがっていくような妙な感覚が芽生えていた。

「あぁあぁっ、あ、あ、修成さまっ」

このなにかをどうしていいか分からなくて、助けを求めるように手を伸ばすとぎゅっと握ってくれる。けれど、その手がすぐに離された。

「彩友美、イキ方も忘れちゃった？　俺がきっかけ作るから、そのままイって」

柔ひだを強く擦られながらきゅっと花芽が摘まれて、身の内から湧き出る熱を放出するように腰がふわりと浮いた。

「やあぁぁぁぁんっ」

――自分の体が……こんなふうに、なるなんて……。

はあはあと荒い息を吐き、蜜壺がぴくぴく痙攣《けいれん》するのを感じながらぼんやりとする彩友美の体の上に、浴衣を脱ぎ捨てた修成の体が重なった。

髪を撫でられながら唇を重ね合わせて舌を絡め合うと、下半身に硬いものがこつんと当たった。

そうだ、まだ彼と体を繋げていない。

――修成……さま。

今夜は何度この名を呼ぶことになるのだろう。

唇から、吐息から、髪を撫でる手のひらから、彼の愛情が伝わってくる。

彼の唇が離れたのでそっと目を開けると、丸窓から射し込む月明かりに照らされた彼の体がはっきりと見えた。

無駄な肉がなくて細いけれども、しっかりと筋肉が付いている逞しい男性の体。ふにゃふにゃで筋肉の欠片もない彩友美の体とはまったく違う。

肩から腕にかけてのラインがとても美しくて、思わず見惚れてしまう。服の下に、こんな立派な体が隠れていたなんて……今夜二度目の衝撃だ。

彩友美はそろそろと手を伸ばし、修成の腕に指先を這わせた。

今まで何度この腕の中に入れられて、幾度抱かれてきたのか、すべて思い出したい。

腕に這わせていた指が搦め捕られて、修成の口元に寄せられる。軽いリップ音をさせた後、彼は僅かに微笑んだ。眉が少し下がっていて、困っているような表情だ。

「今の彩友美にとっては初めてだけど、実際は初めてじゃない。だから途中で理性が飛んで、少し乱暴にしちゃうかもしれないけど……許してくれるかな」

——乱暴にする……？

修成の言っていることは、彩友美にはピンとこなかった。

まったく経験のない彩友美には比較材料がないのだけれど、修成はとても優しく触れていてくれたように思う。

こうして体の上に乗っていてもまったく体重を感じないのは、彼が気遣ってくれているからで、そんな彼が乱暴にすると言ってもちっともイメージが湧かない。

まあ正直なところ、なにがどうなれば乱暴なのか、まったく分からないのだが……。

しばらく見つめ合った後、彩友美は戸惑いながらも微笑みを返した。

「……はい、覚悟しました」

修成はホッとしたように目元を緩めた。それが少しだけ少年っぽく見えて、大人で穏やかな彼が見せた一瞬の表情にときめきを感じる。

「彩友美……俺を、触ってみて」

修成の手に導かれるまま、自分の下半身に当たっているそれに触れてみた。

とても長くて硬いけれど先端部分は少し柔らかい。ラップの芯よりもかなり太くて、彩友美の手のひらでは覆いきれないこれが、自分の中に入るのだ。

指が入っただけでも異物感があったのに、さらに大きな彼自身が入ったら彩友美の体はどうなるのか。

——でも私には経験があるのだから、きっと大丈夫よね？

硬い芯棒を指の先でそろそろと撫で上げたり、先端をそっとなぞったりしていると、修成が辛そうに眉を歪めた。

「触ってと言ったのは俺だけど、手つきがエロすぎる」

「えっ？」

何故か、ちょっぴり怒っている？

腕で膝裏を支えるようにして持ち上げられて、月明かりのもとに彩友美の秘部が晒された。蜜で濡れた割れ目がてらてらと淫靡に光る。

まともに見られているのが恥ずかしくて手を伸ばすと、指先を花芽に導かれた。そのまま擦るように指を上下させられ、蜜に濡れた花芽はなめらかに滑って、たちどころに快楽の沼に引き込んでいく。

「あ……あ、んっ」

自分の指がしていると思うと羞恥心が湧くけれども、修成に導かれてしていることで逆に興奮してしまう自分もいる。

彼の芯棒が蜜口に当てられて、蜜を絡めるようにぬるぬると動くと、そこが熱くてたまらなくなった。

――ほしい……。彼が、ほしい。

潤む視界で彼を見つめると唇が重ねられ、瞬間、芯棒がするっと中に侵入してきた。

「ああんっ」

狭い蜜道を押し広げながらゆっくり進んでいくそれは、とても熱くて気持ちがよくて、快楽に溺れそうになった彩友美は枕元のシーツをぎゅっと摑んだ。

奥まで充足感でいっぱいになり、彼と繫がったことに満たされていると、ゆっくりと律動が始まった。

「あっあっあ」

彼が腰を打ち付けるたびに最奥が強く抉られて、強烈な快感がもたらされる。体深部が熱く蕩けてだんだん広がって、全身が溶けていくかのようだ。

ふたりの繫がった部分がクチュクチュと激しい音を立てて、彩友美の大きなプリンのような胸がふるふると大きく揺れる。

「彩友美の中、トロトロだよ。すごく熱い。溶けそうだ」

修成は休みなく律動を繰り返しているのに、息ひとつ乱れていない。

余裕のある様子の彼は少しいたずらっぽい光を瞳に宿らせていて、彩友美に微笑みを見せた後、充血して膨らんだ花芽をくりくりと弄った。

途端に強い快感に襲われて、弄られるたびに宙に浮いた足の爪先がぴくぴくと震える。

「やっ、や、あぁん、ぃやっ、それダメぇ」

懇願するようにいやいやをすると指が離れたけれど、スッと顔を近づけた彼に耳朶を甘噛みされる。

「俺で感じてるの、すごく可愛いよ」

耳元で愛おしげにささやかれて、甘い声音に思考が蕩けた。

与えられる愛撫に暇《いとま》がなく、一度達することを思い出した体は簡単に頂点まで上り詰めていき、彩友美はシーツを破れんばかりに強く握って、二度目の湧き上がってくる熱を放出した。

「あっ、あっ、あああぁぁんっ」

体をぐったりさせていると、熱を放った余韻で目に滲んだ涙を修成の唇がちゅるっと吸い上げ、ついで火照った頬にも口づけを落とした。

「そろそろ、いいかな?」

「……え?」

ふたりはまだ繋がったままで、しかも彼のモノは硬くさらに太くなっている気さえする。

背中に手のひらを差し入れられて抱き起こされた彩友美は、満月を背にして座る彼の膝の上にまたがる格好になった。丸窓に浮かぶ月は、まるで昼間のように明るく室内を照らしている。

「彩友美は月を見てて」

——そういえば、月見しながらしようと言っていたっけ。

ぼぉっとする頭で思い出していると、彩友美の腰が持たれて彼の膝にぐっと沈められた。硬い芯棒がいっそう深く刺さって、思わず背を反らした。

「あんっ」

「おっと……ごめん、倒れたらダメだよ」

背中から布団に転がりそうになった彩友美の背を支え、修成は激しく腰を上下させた。座っているせいか、柔ひだを擦るモノがより硬く大きく感じて、脳にまで快感が響いてくる。

腰を打ち付ける音と溢れる蜜が立てる淫らな音が静かな室内に響いて、彩友美の漏らす甘い声がとめどなく続く。

声が外に漏れていやしないか、ちらりと考えるけれど声を抑えることなどできない。与えられる快楽の波に夢中で乗り続け、二度も頂点に導かれた。

修成の肩に手を回してぐったりと寄りかかる彩友美の背中をいたわるように撫で、彼は

衝撃的な言葉を耳元でささやいた。

「悪いけど、まだ終わってないよ」

その言葉にハッとして体を起こした彩友美は、瞳を瞬かせて彼の端整な横顔を見つめた。さらさらの髪、しっとりした肌は少しだけ汗ばんでいるようだけれど、まだ息は乱れていない。彼の芯棒は中に入ったままだ。

――朝まで離さないって言ったの、まさか本当なの⁉

記憶を失う前の彩友美は、どんなふうに夜の営みをこなしていたのか。

言葉を失っていると修成はクスッと笑った。

「次でイクから、もう少しだけ付き合って」

視界がくるんと反転して、彩友美の目に竿縁天井が映った。ついで彼の顔が目の前に現れる。脇から腕を差し入れられて肩口を掴まれて、彩友美の体はしっかりと固定された。

「ごめん、ちょっと乱暴になるかも」

脚の間にある修成の腰が強い律動を繰り返し、奥部が激しく穿たれる。

修成が珍しくも荒い息を吐いていて、彩友美は夢中で彼の肩にしがみ付いて名前を呼んだ。

激しい動きによってきゅうぅっと締まる蜜道は、よりいっそう強い摩擦を生んで、さらに彩友美の体を蕩けさせた。下腹部に燃えるような熱の塊が生まれていて、脚の爪先までもがびりびりと痺れる。

「あ、あ、修成さま。もう、もう……私、ああっ、い、イクの」

「俺も……だ」

荒い息を吐く彼の打ち付ける腰が脚の間にぐっと入り込んだ刹那、身の内からせり上がってきた熱の塊が彩友美の体を大きく震わせた。

「あ、あああぁぁっ」

同時に修成も切なげに眉根を寄せて喉の奥でうめき、彩友美の中に情熱を解き放った。

力なく横たわる彩友美の白い肌はほんのり桜色に染まっており、修成は愛しげに見つめながら呼びかける。

「彩友美……?」

彩友美は深い眠りに落ちているように見える。つまり意識が飛んだのだろう。

しかし決してやりすぎてはいない。これは通常運転、いつものことなのだ。

「思い出してくれているといいが……」

初夜を迎えてよりずっとこなしている事後処理——彩友美の肌を拭いて掛布団を被せ、普段通りに彼女の体を腕の中に入れて、修成も眠りに就いた。

四章　戦国武将の誘惑

修成に抱かれた翌朝、彩友美は気だるさを覚えつつ身を起こそうとした。どうしてなのか分からないが、非常に腰がだるい。

昨夜の情事の後そのまま眠ってしまったために、浴衣もショーツさえも身に着けていない。だから修成が目覚める前に肌を隠そうと思ったのだけれど、身軽に動くことができないでいた。

それにお腹の辺りに修成の腕があって、これもさっさと動けない原因のひとつになっている。

まずはそれを解こうとして、もたもたともがいていると腕に力が入ってがっしりと押さえ込まれた。

「う……」

「彩友美。ムリして起きなくていいから、もう少し寝てた方がいい」

背中にぺたりとくっつく肌のぬくもりが、昨夜のことをありありと思い出させる。満月の光に照らされた彼は男性の色気がほとばしるようで、とても素敵だった。そして彩友美は何度も限界を超えさせられて……。

思い出すほどに肌が火照って、胸が高鳴る。

──昨日、ほんとに、修成さまとしちゃったんだ……。

もしかして、この気だるさは彼に抱かれたせいなのかもしれない。

本当にとても気持ちがよくて……最後に覚えているのは頭の中に火花が散ったこと。その後の記憶がないということは、多分意識が飛んでしまったのだ。

あの後彼が思いを遂げたのかは定かじゃない。気になるけれども直球で『イキマシタカ？』なんて訊ける勇気もない。

それよりも〝記憶〟だ。

修成に抱いてもらえれば、初夜のことを思い出すかと思われたけれど、処女喪失時の痛みがよみがえるどころか、気持ちよさが勝ってしまって夢中になって、少しも記憶が戻っていない。

思い出したのは、イキ方だけという体たらく……。

──これ、記憶じゃないし！

「彩友美の体は柔らかいな。本気で抱きしめたら壊してしまいそうだ」

そう呟いて、うなじに唇が寄せられた。修成の吐息と唇の感触がくすぐったくて、思わず首をすくめる。

「修成さま、ごめんなさい」

海の底まで沈み込んだ心地で言うと、修成はがばっと体を起こして彩友美の顔を覗き込んだ。

「きみはなにを謝っているんだ？」

心底分からないといった体の、真剣な眼差しが向けられる。

泣きたい気持ちだけれど涙を見せたらずるいと思い、ぐっと堪えた。

「私、ちっとも記憶が戻っていないんです。せっかく修成さまに協力していただいているのに……」

それでも喉が詰まってしまい、消え入りそうな小さな声で話すと、彼の指が頬にかかる髪を優しくはらった。

「焦らなくてもいいんだ。期間はまだあるから大丈夫。毎日愛してあげるから、そのうちきっと思い出せるよ」

「毎日ってそんな、それじゃ、修成さまが大変です。お仕事で疲れているのに」

あんなに〝スゴイコト〟を毎日だなんて、いくら修成に体力があったとしても、体を壊してしまいそうだ。

いや、それ以前に彩友美の体がもたないかもしれない。

「俺は平気だよ。普段の生活通りだから」

「……そう、なんですか？？」

「うん。昨日のじゃ、足りないくらいかな」

「えっ⁉」

――足りないってことは、ひょっとして修成さまはイってないの？

気持ちよすぎて勝手に何度も頂点に達して、挙句の果てに意識が飛んでしまった。それに呆れて、萎えた……とか？

「あ、あのっ、次回は気を失わないように努力しますから！」

真っ赤になりながらも決意を込めて言うと、修成はぷっと噴き出した。

記憶を失くしていても彩友美の可愛さは変わらない。

片親で育って苦労もたくさんしてきているだろう。それでも素直な性格で、仕事もセックスも何事も努力しようと頑張って、少し（たまにかなり）考えが足りないところがある。

修成にとっては、そんな彼女が愛しくてたまらないのだ。

「今のは冗談。昨夜は俺も満足してるから」

「……本当、ですか？」

「本当。というか、彩友美を抱いて満足しなかったことは一度もないよ。記憶のことは、一緒にゆっくり頑張ろう」

「はい、ありがとうございます」

「今日はこちらに朝食を運んでもらおう。彩友美はもう少し寝ていてくれ」

するっと布団から抜け出した修成の後ろ姿が目に入り、彩友美はときめきながらもじっと見つめた。

肩甲骨からきゅっと引き締まったお尻までのラインが、姿勢のよさも相まってスマートで美しい。さっと浴衣を着て彼が寝室から出ていくのを見届けて、そっと目を瞑った。

今朝は動きたくてもなかなか気だるさが消えない。修成の言い残した通りにしばらく休んだ後起きることにした。


東の棟から眺められるいくつかの庭木には、小さな芽が付き始めている。日々が過ぎていくのは早い。うかうかしているとあっという間に月日が経つ。

修成はゆっくり戻せばいいと言うけれど、期限が決められているから急がなければいけない。

彩友美は温かな陽が射し込む縁側を歩きながら、早く記憶を取り戻す方法についての思案に暮れていた。

——やっぱり、元通りの新婚生活を送るだけじゃ足りないわよね？

新婚生活よりもメイド生活の方が長く、元通りの生活を送るならばそちらをメインにした方がいいように思える。

「でも、修成さまが許してくれるかしらね？」

「はい？　奥さま、なんのことですかぁ？」

誰に言うともなく呟いた言葉を拾っていたのは、きょとんとした表情の由真だった。すぐ傍にある部屋を清掃していたらしく、ハタキを持っている。

今日はトレードマークのツインテールでなく、ひとつにまとめたお団子スタイルだ。髪型を変えるなんて珍しいなと思いながら、彼女にかいつまんで話して意見を求めてみた。

「どう思う？」

「……奥さまが、メイドに？」

そう呟いた由真は彩友美の腕を引っ張って部屋の中に入り、辺りを見回した後に障子をぴしゃりと閉めた。持っていたハタキはエプロンの紐部分に差している。

意外な反応をされて戸惑っている彩友美に向かって、由真は声を潜めて言った。

「旦那さまってとても穏やかなお方なんですけど、実は、すっごく怖いとこもあるんですよぉ」

「え、そうなの？」

「はい、しっかりした信念を持ってらして、頑固で融通が利かなくてぇ。旦那さまに敵とみなされちゃうと、徹底的に排除されてしまうんですぅ。たとえそれが一族のお方であっても……」

由真はクビを切る仕草をして、ぶるっと震えた。

親族会議では、修成の一喝で一同が静まった。あれは当主の発言だからではなく、修成自身が怖いからということになる。

もしも修成に畏怖の念がなかったら、譲歩意見も出ず、彩友美は百合岡家から追い出されることが決まっていただろう。

「番犬の手綱を離しちゃった飼育係さん、仕事変えられちゃったんですぅ」

「それ本当なの？　今はどうしているの？」

「駐車場係してます。一日見張り小屋に座ってるだけの、すっごい暇な部署。企業で言うなら左遷です。元飼育係さん、犬が大好きだからしょんぼりしてました。〝ミスは許さず即刻切って捨てる〟みたいな。旦那さまって、まるで戦国武将みたいなお方なんですぅ」

――戦国武将は、ちょっとオーバーかも……。

由真は二次元が好きなせいか、表現が漫画チックなことがある。頭の中では修成の戦国武将姿をイメージしているのか、胸の前で祈るように手を組み合わせてうっとりしたような表情になった。

　どう言葉を返したらいいのか分からず苦笑していると、彩友美に視線を戻した由真のメガネが障子から透ける光を映してきらっと光った。

　ずいっと迫ったメガネの奥がとても真剣で、彩友美はたじろいで一歩退く。

「つまりなにが言いたいかって申しますと、やるからには、諦めとか失敗とかは許されないってことなんですぅ。奥さまに、その覚悟はおありですか？」

「……ある。あります！」

　拳を握ってきっぱりと言った。

　失敗して記憶が戻らなければ、左遷ではなくクビだ。最悪な事態が先に決まっている分、親族会議の時から覚悟はできている。確認されるまでもない。

「うわぁ！　それなら絶対大丈夫ですぅ。旦那さまにお願いすれば、あっさり了承してくださいますよ？」

「え、あっさり？　そう思う？」

「はい～、この由真が、太鼓判押しますぅ」

　語尾にハートマークが付きそうな口調で言い、「では私、仕事に戻りますね」と、腰に差していたハタキを持ちなおし、ぺこっと頭を下げて部屋を出ていった。

　由真に後押しされた彩友美は、さっそく今夜にでも話をしようと決めた。

翌日の午後、彩友美は緊張した面持ちで真新しいワンピースに袖を通していた。姿見に向かってくるっとひと回りしてみると、膝丈のスカートがふわりと揺れる。

鏡に映っているのは紺色のワンピースに白いエプロン姿。メイドの制服を着るのは久しぶりだ。

——昨日は、大変だったな……。

由真が言ったように、あっさり了承というわけにはいかなかった。まさに戦国武将を相手に交渉するような厳しさがあったのだった。

昨夜、スーツから和服に着替えを済ませた修成と正座をして向き合い、メイドの仕事をしたいと話したら、彼は眉間にシワを寄せてしばらく黙り込んだ。

『気持ちは分かるけど、許可できないな。彩友美は当主の嫁だよ。使用人たちと同等じゃない、威厳を見せる立場なんだ』

目的が明確で必要なことであっても、立場的にしてはならないことがある。

厳しい顔つきで当主の嫁としての心得を懇々と話されて、気持ちがくじけそうになったけれど諦めなかった。

『一ヶ月とか、短い期間でいいんです。その間に結果だしますから。あの、ミスったら左遷覚悟の決意なんですっ』

お願いポーズを作って一生懸命食い下がると、彼は厳しい顔つきのまま怪訝そうに首を傾げた。

『ん……？　彩友美はどこに左遷されるつもりなの？　というか、どうして左遷なのかな？』

少し厳しい顔つきのまま微笑んでいる彼は怒っているようで、彩友美は「ひっ」と声にならない息を漏らした。

『ああ、あの、違いました！　クビですよねっ』

急いで言い直すも修成は腕を組んだ姿勢になり、眉間のシワをいっそう深めた。ますます怒らせたことを知って、背中に冷汗が滲み出た。

『きみの言ってることが分からないんだけど、ちゃんと説明してくれないか』

昼間の由真とのやり取りを話していいのか、彼女がお咎《とが》めを受けはしないか、迷う彩友美の頬に手を添えて彼は言った。

『……きみは、俺に尋問されたいのかな？』

ひたと見つめてくる瞳にぞくっと背中が震えた。恐怖からの震えではなくて、二度目の初夜とは違う色気を纏う彼の妖しさに、女性の部分が熱く震えていた。

なおも黙っていると、修成の指が彩友美の唇の間にするっと入り込んだ。歯列をなぞられると〝尋問〟の仕方が想像できて、夜の彼と重なった。

——修成さまになら、なにをされてもいい。

そう思った刹那ハッと我に返って、首をふるふると横に振った。その拍子に修成の指が唇と頬から外れた。

危うく魅惑的な彼の虜になって溺れるところだった。尋問されてもされなくても、結局話さなければ許されないということだ。ならば今すぐ素直に自白するべきだ。

由真から聞いた戦国武将のような恐ろしいお方の件を話すと、ずっと厳しい顔つきだった修成は何故か破顔した。

『それで、左遷かクビって言ったわけか。きみは素直すぎるな』

クックックとお腹を抱えている姿は、可笑しくてたまらないといった感じだ。

『え、あの、なにがそんなに？』

笑いのツボが心底分からなくて問いかけると、修成は笑いを抑えるまで待ってというように手のひらを出した。

頭にいくつもの疑問符を浮かべながら待っていると、ややあって真顔に戻った彼が話し始めた。

『たしかに俺は飼育係の仕事を替えるよう命じたけど、ただ〝ミスったから〟ってわけじゃない。彼の仕事状況の報告を受けて、総合的に判断した結果なんだよ』

最大の要因は飼育係の体の状態だという。脚が弱くなってきていて、今回のような不測の事態に俊敏に反応ができず、駆ける番犬たちのスピードにも追いつけない。

『番犬たちの中には血気盛んな子もいる。この先も同じようなことが起きかねないから、そうしたんだ』

『そうだったんですか……あのそれで、メイドの件なんですけど……ダメですか？』

上目遣いでもう一度お願いすると、彼は『う』と声を漏らして視線を逸らした。

『修成さまの言いつけをきちんと守りますから』

頑なに首を横に振る彼に対し、譲歩の条件を出してもらえるように何度か食い下がった。

——条件をつけてもらうのも、ほんとに大変だった……。

最終的には、根負けした彼が渋々条件を提示した。自分でもよく頑張ったと思う。

『期間はひと月。時間は午後一時から午後五時まで。重い物と刃物は持たない。仕事状況を毎日報告すること』

頭の中に叩き込んだ修成の言葉をもう一度頭の中で繰り返し、仕事をするべくメイド頭のもとに向かった。


「主に、以前していた仕事をやらせてほしいの」

そう言うとメイド頭は困惑気味の表情になった。

今は主従関係が逆転した状態だから、仕事を言いつけるにも迷いがあるのだろう。

『使用人たちと同等じゃない、威厳を見せる立場なんだ』

逆に、今こそ威厳を見せる時なのかもしれない。

そうは思えども、十九歳の記憶で止まったままの彩友美にとっては、メイド頭は厳しい上司であり怖い存在だ。すべてのメイドたちを纏める威厳を持っている。

突然〝奥さま〟になった彩友美がそれを見せると言ってもなかなか難しい。

一族に相対する時の修成は、二十八歳とは思えぬ落ち着きと静かなもの恐ろしさを放っている。それをお手本にすれば、付け焼刃の奥さまでもいくばくかの迫力が出せるかもしれない。

彩友美は胸を張って、きりっとした表情を作った。

「これは私からの命令なの。仕事を教えて」

当主のそれにはかなり劣るが、精いっぱい女主人としての気迫を見せると、メイド頭は姿勢を正した。

「承知しました」

まずもらった仕事は渡り廊下と縁側の掃除だ。

百合岡家の母屋は、親族会議が行われる大広間を中心にして、東西南北にある棟それぞれが独立したような形になっている。当主夫妻が使っている東側だけでも十二畳間が六部屋もあるのだ。

まるで旅館のように広い屋敷は当然真四角ではなく、でこぼこした複雑な形をしている。どの部屋からでも庭の景色を楽しめるように、いくつかの坪庭も作られており、そこの縁側を含めるとかなりの作業時間を要する。

十九歳当時の彩友美がしていた掃除だ。バケツや雑巾などの掃除道具をひとつの台車にのせて持ち歩く。自分にとってはつい数日前にしていた仕事で要領は分かっているため、比較的気楽なものだ。

渡り廊下にある柵をハタキで叩いていると、洗濯籠を抱えた由真が通りかかった。今日はお団子へアでなくいつものツインテールだ。

彩友美を目にした彼女のメガネが、陽を反射してきらっと光った。

「奥さま！　やっぱりお許しいただけたんですね！」

今日も元気そうで、左遷云々の件でメイド頭に叱られたふうには見えず、彩友美は内心でホッと胸をなでおろした。

「うん、でも、苦労したの。あなたの言う通り、ほんとに戦国武将みたいだったから」

昨夜の苦労を再び思い出してため息交じりに言うと、戦国武将に反応した由真がきゃああっと興奮した声を出した。

「やっぱり旦那さまって素敵ですよねぇ……もう、存在自体が二次元です。私もあんなお方と出会いたくって、昨日合コンに行ったんですよ。お相手は一流企業の会社員ばかりの。だけどぉ、結果は残念無念でしたぁ。みんなチャラいんです」

そう言ってがくっと肩を落とし、理想は戦国ゲームキャラの真田《さなだ》幸村《ゆきむら》だと言う。由真のお眼鏡にかなう男性はなかなかいない。

「こらっ、そこでさぼっているのは誰ですか？」

突如女性の声が響き、渡り廊下の端にメイド頭の姿を見つけた由真は「やばっ」と呟いて慌てて仕事に戻り、彩友美もそそくさと掃除を再開したのだった。

そんなふうに仕事に精を出すも、記憶が戻る気配はないまま幾日か過ぎたある日、彩友美は庭の端にある蔵まで掛け軸を取りに行くことになった。

母屋には東西南北に四つの応接間があり、その床の間に飾る掛け軸は毎月変えられる。この仕事は結婚前の一年ほど彩友美がしていたらしい。メイド頭に「今日は月初めだから、掛け替えてください」と言われたのだ。

月ごとにかける絵が決まっているため、箱に○月と書かれている。それを蔵から取ってきて掛け替えるだけの、とても簡単なお仕事だ。

けれど敷地内には番犬がいて、犬たちは決まった時間に塀の傍を巡回するのだ。その間は気を付けるようにと修成から注意されている。

今はその時間ではないから安心なのだが、周りを警戒しながら蔵へと向かった。

母屋を出て三分ほど歩くと、背の高い木立の向こうに漆喰《しっくい》の白い壁が見えてきた。

土造りの蔵は、耐火性能を上げるため壁が厚くて三十センチほどある。それに比例して扉も分厚いからすごく重い。容易に開けられなかったら人を呼びに来るよう、メイド頭から言われていた。

「あれ？　鍵が開いてる？」

本来かかっている筈の錠前が外れていた。

ふたつある蔵の鍵は、それぞれマスターキーを合わせて四つある。

マスターキーは執務室で保管されているけれど、蔵には米や味噌などの食料が保存されているため、料理長も合鍵を持っている。それと作業道具を入れている庭師が管理していて、あとは彩友美が手にしているもののみだ。

観音開きの扉は片方だけ細く開いていて、中から微かな物音が聞こえてくる。先客がいるのだろうか。でも内部が暗くて、電灯が点いていないようにも思う。

「誰かいるんですか？」

声をかけてから取っ手を力いっぱい引いて、扉を大きく開けた。

暗い蔵の中に陽が入り、埃が舞っているのが目に見える。それになにかがチカッと光った気がした。

「執事さん？　料理長ですか？」

もう一度声をかけるけれども応答はない。

——光ったのは、陽が入ったせいかな？

急いで蔵で用事を済ませた人が鍵をかけ忘れたのかもしれない。

不用心ゆえに、これは執事に報告すべきことだと心に留め置き蔵の中に入った。途端にひんやりと冷たい空気に包まれて、ぶるっと体を震わせる。

窓もない蔵は、洞窟の中のように季節を通してほぼ気温が変わらない。そのおかげで物の保存に適しているのはいいけれど、扉を開けていても奥に陽が届かなくて真っ暗だ。

誰もいない筈の暗闇の方からカサッと物音がしたので心臓がドキッと跳ねる。

——やだやだ、怖いっ。

慌てて扉近くにあるスイッチを手探りで探し、電灯を点けるとホッと息を吐いた。

「早く済ませて戻ろう」

独り言ちて自分を励まし、掛け軸探しを始める。

蔵の中はきちんと整理されていて、棚にはなにが置かれているか書いた札が掛けられていた。掛け軸の箱を探しながら奥の方に進んでいくと、目的の棚を見つけた。『掛け軸』

と大きく書かれた札が掛けられている。

四月の箱を見つけて手を伸ばしたその時、急に背後から伸びてきた手に口を塞がれた。体を拘束する腕は力強く手のひらは大きい。瞬時に男性のものだと思えた。

「っ……んんー!?」

「おい、メイド。アレはどこにあるか知ってるか」

「んん？？」

まったく聞き覚えのない声。アレとは、いったいなんのことなのか。

訊き返したいけれども、口を塞がれていてはまともに声が出せない。それにいきなりこんなことをするなんて、絶対まともな人じゃない。きっと泥棒だ。

探しているのは金庫か、骨董品か。掛け軸だって雪舟《せっしゅう》や円山応挙《まるやまおうきょ》など名のある画家の書画ばかり。この蔵の中は宝の山だ。

彩友美は自分の口を塞いでいる手の甲を爪でがりっとひっかき、緩んだ瞬間に手のひらに歯を立てた。

「いててっ、なにをするんだ！」

突き飛ばされてよろめいて床に尻もちをつき、痛みに顔を歪めながら泥棒を見ると高級そうなスーツを着ていた。

――え、今どきの泥棒って、こんなに身ぎれいなの？

一瞬呆けた後に「通報しなくちゃ！」と気づき、立ち上がろうとした。けれど焦っているせいで脚が震えて上手くいかず、尻もちをついた姿勢でもがいていると、泥棒が「あれ？」と素っ頓狂な声を出した。

「お前、メイドだと思ったら、彩友美じゃないか。なんで制服なんか着てるんだ」

「は？」

——この人、どうして私の名前を知ってるの？　いったい誰なの？

記憶を辿ろうとすると、頭に激痛が走った。

「まあそんなことはどうでもいいや。丁度いい、本人に訊きゃ早いからな。おい、アレはどこにあるんだ」

「アレって……なんのことかさっぱり分かりません」

ずきずきする頭を抱えながら精いっぱい毅然とした態度を取った。

そんな態度が気に入らないのか、男性は苛立ったように彩友美の腕を鷲摑みにして立たせた。

「アレって言ったらアレだよ！　分かれよ！」

乱暴な振る舞いに声を失う。反論できずに男性の顔を見つめていると、唇が笑顔を作るように歪んだ。

「奥さま、掛け軸は見つかりましたか？」

不意に蔵の入口から声がかけられ、ハッとした様子の男性は彩友美から手を離して逃げるように蔵から出ていった。

入れ替わりに入ってきたメイド頭が首を捻った。

「今のは、正嗣《まさつぐ》さま。どうして蔵に……？」

「あのお方を知ってるの？」

「はい。正嗣さまは分家……大旦那さまの弟、百合岡次郎《じろう》さまのご長男です」

大旦那さまというのは修成の父親だ。修成に当主の座を譲った今は屋敷に住んでおらず、大奥さまと一緒に海外に住んでいると聞いた。彩友美は会ったことがある筈だが、まったく覚えていない。

「修成さまの、いとこなのね？」

「はい、正嗣さまとなにかお話なさっていたんですか？」

探るようなメイド頭の視線を感じ、彩友美は咄嗟に首を横に振った。

「ううん、蔵にいるのを見かけただけ。なにも話していないわ」

なんとなく〝アレ〟に関することは、軽々しく口にしてはいけないと思ったのだ。どうしてそう思ったのか、彩友美にも分からない。

「それより、早く掛け軸を掛け替えましょう」

彩友美は掛け軸の箱を持ち、メイド頭と一緒に蔵を出てしっかり錠前をかけた。

メイド頭には内緒にしたけれど、修成には蔵であったことを包み隠さず報告してある。修成の指示により、蔵の鍵が開いていたことについては内密に調査された。

錠前が開いていたその日は彩友美以外誰も蔵に出入りしておらず、四つの鍵はすべてあるべきところに保管されていた。

修成が正嗣本人に尋ねてみても『鍵は開いていた』の一点張りで真相は分からないまま、いつの間にかもうひとつの合鍵が造られていたという、無理矢理な結論に収まったのである。

そして蔵の錠前は作りかえられ、彩友美は蔵への出入りを禁じられたのだった。なるべく屋敷の奥での仕事にするよう言いつけられ、今日は書庫として使っている部屋の掃除をしている。

十二畳間ふたつ分くらいあるこの部屋は、所謂《いわゆる》図書室のようで、入口付近に書棚がたくさんあって最奥に読み書きができる机と椅子がある。現代の書籍や先代が買いそろえた古書や、百合岡家の古い帳簿などがぎっしりと収納されている。入ることができるのは執事と一族に限られているため、彩友美にはうってつけの仕事というわけだ。

「だけど、〝アレ〟って、ほんとになんのことかな？」

彼にも〝アレ〟については心当たりがなく、あまり人に話さない方がいいと言っていた。メイド頭に言わなかったのは正しい判断だったと褒められている。

記憶を失った後一緒に暮らし始めてから、心配されたり叱られたり、色気たっぷりに迫られたりといろいろあった。でももしかしたら、記憶を失う前から数えたとしても……。

――褒められたの、初めてかもしれない！

そう思うと急に喜びがこみ上げてきて、その時の修成の優しい瞳も思い出し、ひとりで照れながらハタキを忙しなく動かした。

一番奥にある書斎スペースは衝立に囲まれていて、机と椅子だけでなく三人掛けのソファも置いてあった。本を読み疲れたら、ここで仮眠をとっているのかもしれない。

ソファも机も椅子も案外埃が少なくて、つい最近使用したような感じだ。

――ここ、修成さまが使ってるのよね？

衝立には怪獣のシールが貼ってあったりして、幼い頃の修成の可愛さが想像できる。

机の上には数冊の本が無造作に積み上げられていた。真新しい本もあれば、傷んだ表紙の古書もある。

――薬学、ミステリー小説、それに春画集。

「……春画？　春の景色が描かれた画集かな」

修成の趣味なのだ。さぞかし美しい花の絵などがたくさん描かれているのだろう。

彩友美はエンジ色の表紙に毛筆で『春画集』と書かれた本を手に取った。ワクワクしながらぱらっと捲って、最初の絵を見た途端「え」と声が漏れて体が固まった。

江戸時代ふうの姿の男女が体を組み合わせている絵だ。着物がはだけて肌を露わにした女性の艶めかしい脚が、男性の腰にしなだれかかっている。しかも女性の秘部も結合部分もしっかり、はっきり、くっきりと大きく描かれていた。

いけないものを見てしまった……！

本を閉じて掃除を再開しなくちゃいけないと思うけれど目が離せない。

二度目の初夜の後から毎夜抱かれているけれど、彼自身をじっくり見たことがない。それどころか、自分の秘部さえまともに見たことがないのだ。つい見入ってしまう。

どきどきしながら次のページを捲ろうとすると、背後から伸びてきた腕が目の端に映り、直後に本を持つ手に大きな手のひらが重ねられた。

「のぞき見するなんて、彩友美はいけない子だな」

「ひゃあぁっ」

あまりに驚きすぎて腰が抜けそうになった体がしっかりと支えられ、すすすと抱き寄せられた。

——修成さま!?　もうお仕事から帰ってきたの？　というか、もうそんな時間なの？

「こ、これは、そのっ、掃除してたらたまたま見つけてしまって……決してのぞき見とかじゃないんですっ」

「そう？　じゃあ、そのまましっかり本を持ってて。これは江戸時代の素晴らしい芸術作品なんだ。俺が解説してあげるよ」

　彩友美の体をしっかり支えたまま、修成の指がページを一枚一枚ゆっくり捲っていく。目に入る春画の艶めかしさが助長させて、修成のささやきかけるような声と長くて綺麗な指の動きがすごく色っぽく感じる。

「彼らの想像力と感性は素晴らしいと思うんだ。これは……」

　修成は現代でも名をとどろかせている有名な画家の作品を、指で示しながら語っている。それが、全裸の海女《あま》の肌に蛸《たこ》の脚が絡められていて、秘部には蛸の口が吸い付いている、なんとも怪しくて官能的な絵で……。

　絵の傍に書かれている文章を修成が読むと甘い響きとなって耳に届いてくる。

　芸術作品だと分かっているのだけど、どうにも、昨夜同じようなことをされたのを思い出してしまう。お腹の辺りにある修成の手の指先が、たまにすりすりと肌を擦るように動くから余計に……。

　このままでは頭の中が煩悩でいっぱいになって、修成の顔をまともに見られなくなる。なんとか話題を逸らしたい。

「あの……修成さま、お仕事は？」

「今日はもう終わったよ。出先から直帰したから普段よりも随分早いね。まだ四時を過ぎたところだから」

修成の左腕にある腕時計は、たしかに午後四時頃を示している。こんなに早い帰宅は一年ぶりくらいだと言った。

「早く帰ってきたから、きみが仕事をしてる様子を見に来たんだけど……」

「あっ、だからこれはさっきも言ったように、さぼっていたわけじゃなくて、ほんとにたまたまなんですっ。いつもは、ちゃんとしっかりやってますから」

恥ずかしくてたまらなくて、一生懸命言うと頭の上から吐息とともにリップ音が降ってきた。

「ずっと誘惑してるの、分かってる？」

「え、それって、どういう……？」

「俺が、きみを誘惑してるってこと」

ずっとしっかり持っていた春画の本を指差して、「その気になってきた？」と問いかけてくる。

――じゃあ、修成さまはわざと色っぽく話していたの？

なにも言えないでいる彩友美の手の中から本を取り上げて、机の上に戻した修成は彩友美の顎をくいっと上げて唇を重ねた。

呼吸も意識もすべて奪うような激しい口づけをされて、彩友美は体の向きを変えて彼の肩に腕を回して身を預けた。

彼に誘惑されてその気にならないなんて、あり得ない。絵を見て声を聞いているだけで、毎晩教え込まれている快感が身の内に呼び起こされたというのに。

彼の唇が離れていくのが切なくなるほどの官能的な口づけに嵌まり込んでいると、エプロンの腰紐が解かれる感触がした。

彩友美の驚きが吐息に変わって修成の頬をくすぐり、触れそうで触れない位置に離れた彼の唇が緩やかに弧を描いた。

「言っておくけど、最初に誘惑したのはきみだよ？」

「えっ……私？」

「無意識かもしれないけど、メイドの制服で春画を見て頬を染めてる彩友美の可愛さと、この衝立に囲まれたシチュエーションで、誘惑されない奴はいない」

耳に唇を寄せ〝だから、ここで抱く〟と鼓膜をくすぐるような小声で宣言され、ついでぺろりと耳朶を舐められると彩友美の全身に震えが走った。

体の力が抜けて、彼の腕に全面的に身を任せて熱っぽい瞳で見上げると、くるりと体を回転させられて机に手をつくよう導かれた。

背中のジッパーが下ろされると、するっと剝かれて華奢な両肩と背中がむき出しにされ、すぐに小さな擦過音がしてブラに締め付けられていた胸がふわっと解放された。

　ブラのカップを押しのけて侵入した修成の両の手のひらがふたつの柔らかな山をわしっと摑み、少し強めに揉み始めた。

「あぁ……んっん」

　手のひらが収縮するたびに指の間に挟まれた蕾が強く摘まれたり擦りあげられたりして、いつにない荒々しさが彼の興奮を伝えてくる。

「あっ、修成さまっ」

　うなじに唇を落とされてくすぐったさに首をすくめていると、修成が背中で呟いた。

「……この背徳感やばいな。クセになりそうだ」

「ん、んあっ」

　舌でくすぐるように背中を下っていく感触に身をよじらせると、開かれたままの春画が目に入った。文机に上半身を乗せて後ろから挿入されている、両手首を腰ひもで縛られた女性の絵だ。机に伏せている今の自分の状況にリンクしてしまって、恥ずかしさに反して身の内に熱が点る。

「これと同じことをしようか」

　背後でしゅるっと衣擦れの音がして、ネクタイを外した音だと気づいた時には、彩友美の細い手首にそれがくるくると巻かれていた。

「しばっておいて今更だけど、嫌なら拒絶して」

春画で誘惑されて体の深部に熱が点いた状況なうえ、先日尋問されそうになった時に感じた〝彼にならら、なにをされてもいい〟という思いが胸の内によみがえり、彩友美は小さく首を横に振った。

「修成さまなら……いいです」

言い終わらないうちにワンピースのスカートがまくり上げられてショーツが脱がされ、彩友美の桃のようなお尻が露わになった。紺色の制服と白い肌の対比が美肌を際立たせて、修成ののどぼとけが唾を飲み込むように上下した。

「メイド姿のきみを抱くのは、初めてだ」

本物の桃を触るかのごとく手のひらでさわさわと撫で、直後ぐっと左右に押し広げてすかさずしゃがんだ彼の舌が、お尻の割れ目をちろちろと嬲った。

「あぁっ」

初めて触れられるそこの快感に、たまらずに背を反らせる。

「あ、あ、やっ、そこ……修成さま、お風呂入ってないからっ」

手を伸ばして動きを制したくても、ネクタイでまとめられた腕は自由にならない。

「彩友美の体に汚いところなんてない。平気だよ」

指とは違う温かいものがぬるっと蜜壺に侵入して、ぴちゃぴちゃと淫らな音を立てる。

身をよじらせながら声を漏らした刹那、外からミシッミシッと人が歩いているような音が聞こえてきた。

今はまだ陽が高い時間だ。

誰も来ない書庫の中での行為とはいえ、壁一枚隔てた向こうには使用人も通る縁側がある。感じるまま声を出すわけにいかず、彩友美は手の甲で口を押さえて悶えた。

「そろそろ限界……挿《い》れるよ」

舌とは比べものにならない硬くて太い熱の塊が、狭い道を押し広げるように、柔肌を擦りながらゆっくり奥まで進んでいく。

「あっ、はぁんっ」

紺色のスカートがまくり上げられた白く綺麗な肌の間に、ぬめぬめと光る彼のモノが何度も現れては深々と中に入り込み、ネチョッネチョッと淫らな音を立てる。

内壁全部が擦られ深部が蕩けるように熱くて、声を抑えるのに懸命に口を結んでいると修成が荒い息を吐きながら言った。

「ほら、見て。その絵と一緒だな」

江戸時代に描かれた春画と同じ行為。絵の中の男性の芯棒は青筋をいっぱい立てた矢印のようで、蜜を滴らせた女性の秘部はピンク色のひだがある貝のようだ。

リアルな描写に「作者はじっくり眺めて描いたのかな」などと激しく突き上げながら修

成が言うものだから、羞恥と快感の渦に巻かれて彩友美はすぐに頂点に達した。

「くぅ、ん、んん～～っ」

机に頬を預けて息を乱す彩友美の体をさくっと抱き上げた修成は、そのままソファに腰かけた。

後ろから抱きかかえられて大きく脚を広げて座ったところに、ぬぷっぬぷっと芯棒が出入りを繰り返して、最奥の柔ひだを強く擦っては引く。

「ん、ん、んっ、あっ」

灼熱の塊がもたらす悦びに抗えず、とうとう堪えきれない声が漏れる。

ソファがギシギシと軋み、半分脱がされているメイド服から覗く胸がゆさゆさと大きく揺れる。その膨らみの先端にある蕾を指の腹で転がされ、彩友美は仰け反って修成にしなだれかかった。

腰を打ち付ける音がリズムよく響き、ソファの後ろにある衝立がガタガタ揺れるのも構わず激しく穿たれると二度目の波が襲ってきた。

「あぁっ、あ、んんん～～っ」

深部の疼きが震えとなって全身に広がり、大きな痺れを伴って爪先から抜けていった。

同時にどろりとした熱い液体が、身の内に広がったのを感じる。

涙の滲む視界に書庫の天井が映る。修成もソファに体を預けて動いておらず、彩友美と同時に熱を解き放ったようだ。

ひくひくと収縮する柔ひだに包まれていたそれが抜き出されると、竿がしなるようにぷるんと揺れた。

すぐに彩友美はソファに横たえられたけれど、彼はスッと立ち上がった。上を向いていた股間のモノが徐々に小さくなっていく。サッとズボンの中に仕舞われたそれが、今の今まで彩友美の中に入っていたのだと思うと、なんだか不思議な気持ちになった。

――男性器って、神秘すぎる……。

「もう仕事終了の時間だな……もう少し休んでから部屋に戻ろう。疲れただろ。ごめんな」

「いえ……そんな、滅相もないです」

腰の気だるさがあって容易に動けない彩友美は、修成に服を着せてもらうなどかいがいしく世話をされ、恐縮しきりでいると、またいつかここで『メイド服での春画セックス』をすることを約束させられた。

五章　受け継がれしもの

東棟から見える庭には、大きな八重桜の木がある。

街道沿いにあるソメイヨシノはすっかり散ってしまったけれど、八重桜は今からが見頃の桜だ。太い幹から伸びる枝には零れんばかりの花がついていてたいそう美しい。

花言葉は『豊かな教養』と『しとやか』だと修成から教えられて、まるで百合岡家の家訓のようですねと言ったら、まさにその通りだと返答された。

女子は『あの桜のように美しくあれ』と、男子は『勉学に勤しみ、花房が落ちるがごとく潔くあれ』と、代々厳しく育てられてきたとも話してくれた。それに八重桜は百合岡家の家紋でもあるらしい。

樹齢三百年とも言われるこの木は、屋敷が建てられる以前よりここにあって、ここで暮らす人々の営みをずっと見守ってきたのだ。修成がわんぱく盛りだった頃も、思春期の複雑な時も、立派な社会人になった時も、ずっと八重桜はそこにあって家人と一緒の時を過ごしていた。

そして、ふたりが恋愛をして結婚した時も……。

この長い歴史の中に、彩友美はまだほんの少ししか関わっていない。その僅かばかりの日々の記憶を失ってしまったなんて、嫁として、なんて不甲斐ないのだろう。

不意に、ぱさっと落ちた花房がひとつ庭の敷石を彩って、潔い散り方だと思いながらも、日々が過ぎる早さを実感していた。

また修成も、牡丹のように幾重にも重なった花弁がピンク色も鮮やかに開くと、春も終盤になったことを感じると言っていた。

「四月の掛け軸に変えたのは、ついこの間のことなのに……」

彩友美がメイドの仕事を始めてから二週間余りが経っていて、あと十日ほどで修成との約束の期限が来る。

仕事に精を出しながら、事あるごとに『前に似たような出来事がなかったかな？』などと、自身の頭に問いかけてみるけれど、失われた記憶の糸口さえも見つからない。

「このままではいけないわ！」

今は午前中の自由時間とはいえ、縁側に座ってぼんやりと八重桜を眺めている場合ではない。じっとしていられず、すくっと立ち上がって、どこでなにをするとも目的もないまま、西に向かって縁側を歩き始めた。

頑固な戦国武将を懸命に口説いて獲得した貴重な期間なのに、なにかしらの結果を出さないと非常にまずい。左遷やクビは修成には笑い飛ばされたが、進退窮まるのは確かだ。このままずっと記憶が戻らなければ、親族一同から引導を渡されて、百合岡家の嫁をクビになるのだから非常に焦る。

こんなに焦るのは、親族の前で約束したからには、やらねばならないという義務感からなのか。それとも、このままずっと修成の奥さんでいたいからか。

自分の心の中を慎重に探ってみると、最初は前者だった。藪から棒の事実に吃驚《びっくり》して、ただ起こった状況に流されただけだ。それが退院してからひと月ほど過ぎた今は、後者の方が大きくなったように思う。

当主である彼と一緒にいると緊張したり、穏やかさの中にも時折威厳を感じて怖いと思うことがあるけれども、それ以上に愛されていると実感することが多い。

『もう一度、俺に惚れてくれればいい』

修成がふたりのなれそめ等を一切語らないのは、経験も感情も、すべてを自力で取り戻してほしいから……万が一思い出せなくても、もう一度、以前のように好きになってくれるのを望んでいるのだろう。当主の嫁としての義務ではなく、ごく自然に。

——過去の私は、どんなふうに彼を好きになって、どれほど愛していたの？

知りたいことがどんどん積み上がって、山のようになっていく。

でも知りたいからといって恋愛期間の様子を人に尋ねてみても、ふたりの関係を秘密にしていたのかみんな多くを知らなかった。

少しは知っている人がいても、彩友美の心の中までは語れない。表現が誇張されていることもあり得るから、すべて鵜呑みにできないのも事実だ。それならば、いっそのこと訊かない方がマシだろう。

――頭を打ったのが記憶喪失の原因なら、同じようなショックを与えたら、記憶が戻るのかな……？

岩にぶつけるのは勇気がなくてとてもできないが、柱ならばなんとかなりそうだ。でも普通の柱では細くていまいち威力がなさそうだし、ぶつけたショックで砂壁が崩れて屋敷中が大騒ぎになるかもしれない。それは大いに困る。

それならば屋敷を支える大黒柱だったらどうだろう。太くて丈夫そうだからあまり揺れないだろうし、ぶつけた効果も期待できるかもしれない。

「大黒柱って、どこにあるのかしらね？」

「はい？　奥さまはそれを探して、どうするんですかぁ？」

無意識に口を滑らしてしまったようだ。急に背後から声を掛けられてぎょっとして振り向くと、きょとんとした表情で首を傾げるメイドがいた。今日はツインテールに小さな帽子の髪飾りをつけている。パッと見、魔法少女みたいだ。

「吉高さん……」

——どうして、しょっちゅう会うのかな？

屋敷内の清掃を主に仕事とする由真に会うのは必然なのだが、いつもいいタイミングで現れるのが不思議だ。

「この屋敷の大黒柱って、ひとつじゃないと思いますよ」

「そうなの？」

「はい～。だって大広間を中心にして、東西南北の棟が独立してるじゃないですか。だから五本はありそうですけどぉ……」

「じゃあ、東にもあるってこと⁉」

目から鱗だ。東の一角にも大黒柱があるのなら、そこで試した方が誰にも内緒で実行しやすい。

——でも、それらしい太い柱あったかな？

部屋の様子を思い浮かべても、どれも普通の太さの柱があるばかりだ。

「それで、大黒柱になんの用事があるんですか？」

由真のメガネの奥が、探りを入れるように鋭く光って見えて、彩友美は一瞬声が詰まった。頭をぶつけてみたいなんて特殊なこと、言える筈もない。

「その……ちょっと確認してみたいな、なんて思ったの」

「確認したらどうするんですか？　まさか……頭をぶつけてみるとか？」

――え、鋭い！

咄嗟に否定も言い訳することもできず、曖昧な返事をして笑っていると、由真は「やっぱり」とでも言いたげな表情になり、ふぅっと息を吐いた。

「奥さま、それはお勧めできません～。やめた方がいいです～！　この屋敷に座敷牢があるの、覚えてらっしゃいますか？」

「牢って……。えっ、ここに、そんなのがあるの!?」

そんな部屋があるなんて覚えていない。十九歳の彩友美には教えられていなかった場所なのだろう。

由真は唇に人差し指を当ててシーッと言い、声を最小限に潜めた。

「由緒ある百合岡家であるがゆえの、ダークな一面ですよ。牢は北の一角にあるんです～。目立たないように巧妙に隠されてて、窓もなく壁に囲まれた唯一の出入り口が鍵付き鉄格子のみっていう、反省のための部屋！　昔々に当主からお咎めを受けた使用人や一族の人が入れられて。牢の中で懲らしめられたりしてた、それはそれは恐ろしい部屋があるんですぅ……」

言いながら、由真はここではないどこか別の場所を眺めるように、目を細めた。

「そう、昔のことですから、懲らしめる時には、製薬会社なりに怪しいクスリとかも使っていたかもしれないですよね」

——怪しいクスリ!? それって、ただの想像よね？

「あの……その座敷牢が、今の話に関係あるの？」

恐る恐る尋ねてみると、由真はキッと視線を戻して真剣な表情を作り、彩友美にずいっと顔を近づけた。

「大ありですよ！　大黒柱に頭をぶつけて、もしもケガをしたり気を失ったりして、おまけに余計に記憶を喪失しちゃったら、旦那さまはどうなさると思います？」

再度頭をぶつけたら、余計に記憶を失うこともある？　その可能性があることに、彩友美はまったく考え至っていなかった。

「そうね……修成さまはケガの状態を心配なさって、私を強く叱ると思う」

「その通りです！　お叱りになられるんです。そして心配だからって、さらに奥さまの行動を制限なさるでしょう。部屋から出てはダメ。所謂、謹慎処分を言い渡されるのですよ。そうしたら、奥さまをどこのお部屋に入れると思いますぅ？」

「え、まさか……そんなことは……ないよね？」

「いいえ！　百合岡家のダークな部分は現在も脈々と受け継がれているんです。それを証拠に、当主に睨まれると一族の方たちはすくみ上がるでしょう？」

親族会議の様子を思い出せば、そんなこともあるかもしれないと思わされる。

彩友美はなにも言い返すことができず、ただ口をぱくぱくと動かして由真を見つめた。強い意思を感じる目は、冗談で言っているようには見えない。

「お叱りを受けた後に監禁されてしまうんです。それを知ってるから、みなさんあんまり反抗しないんですよ」

「……かんきん」

四文字の言葉を舌の上で転がすように呟いた。いつも愛情を注いでくれる彼が、彩友美を牢に入れるなんて考えられない。

それにいくら当主からのお咎めがあったとしても、現代社会において、昔ながらの座敷牢を利用する可能性はあるのか。

だがしかし、穏やかな佇まいの修成の内に潜む当主としての威厳は、受け継がれてきたダークな部分から醸し出されているのかもしれない。

――でも彼女はどうしてきっぱりと言い切れるのかな。ひょっとしたら、極々最近に座敷牢に入れられた人がいるの？

「なんてったって、旦那さまは戦国武将ですから」

由真はなんでも知っているようでもあり、二次元好きの妄想が多分に入っているようでもある。座敷牢については昔の話も含めて創作であると、そう思いたい彩友美であった。

「そうよね……あなたのアドバイス通り、やめておくわ」

「それがいいです〜。自然に思い出すのが一番ですから！」

ぱあっと明るい笑顔になった由真は心底ホッとしたような声音になっており、終始強張っていた肩の力が抜けたようにも見えた。

「あ、座敷牢のこと私から聞いたって、修成さまには言わないでくださいね？　お咎めを受けるかもしれませんから」

「分かった。言わないから、安心して」

彼女の縋《すが》るような目が和らいで、唇が緩やかにカーブを描いた。

ついでぺこりと頭を下げて、「仕事に戻りますぅ」と普段通りの口調で言って、彼女の室内履きが板を擦るような音をさせて去っていく。

途端に縁側にはしんと静まった空気が広がって、庭から緑を揺らす風の音がした。

小鳥のさえずりも耳に戻ってきて、さっきまでの一種不穏な空気が嘘のように平和だと感じられる。

「なんだか、嵐が去った後みたい……」

思い返してみれば、由真から戦国武将の話を聞いた後にも、こんな空気が広がったのだった。

いつもほかの人からは聞けない話をしてくれる。ありがたく思う反面、惑わされないように気を付けようとも思う。

――座敷牢って、本当にあるのかしらね？

屋敷内にあるもの。でも見たことがない。

由真の言うことを鵜呑みにしたわけではないけれど、大黒柱に頭をぶつけるのはやめておこうと決めた。

もしもこれ以上記憶を失ったら、本当に困るから。


それから数日経った土曜日の午後、彩友美は東の居室前の縁側に座って八重桜を眺めていた。

今日はメイドの仕事は休みだからふたりで出かける約束をしていたのだけれど、修成に急な仕事が入ってしまったので、彼が帰宅するまでの間は少々時間を持て余し気味だ。

『なるべく早く済ませて帰ってくるから、それから食事に出かけよう』

せっかくの初デート。修成にとっては何度目かのデートとなる筈だったのに、お仕事では仕方がない。

満開を過ぎた花は以前よりも多くの花房を散らして、敷石をピンク色に染めている。確実に時は過ぎていた。

なんとかして、早く思い出さなくちゃいけないが、どう思い出そうとしても、十九歳の時に玄関を掃除していたのを最後にぱったり映像が途絶え、病院で修成に会った時まで飛んでしまう。

「ほんとに、どうしたらいいのかしら……」

途方に暮れてため息を零していると、彩友美のもとにメイド頭がやってきた。

「奥さま、お休みのところ失礼いたします」

少しきつめの口調を向けられて、普段よりも厳しく見えるその表情に緊張感を覚える。

「なにかあったのですか？」

「百合岡正嗣さまがお出でになりました。どういたしますか」

「え……正嗣さまが？」

正嗣といえば、以前蔵に侵入していた親族の男性だ。「〝アレ〟はどこだ」と言って、探し物をしていた乱暴な人。

「旦那さまがいらっしゃいませんし、お帰り願いますか？」

急な来訪のためか、メイド頭は厳しい顔つきのまま問いかけてくる。彼女も正嗣にはあまりいい印象を持っていないようだ。

奈々子もそうだったけれど、何故百合岡家の一族は、連絡もなく突然訪ねてくるのか。それが昔からの習慣なのかもしれないが、不在だったらどうするつもりなのだろう。

――なんの用事なのかな……。

わざわざ世間話をしに来たとは思えない。

修成がいない時に親族と会うのは憚られるが、相手はとても気になることを言って蔵を漁っていた人だ。もしも〝アレ〟に関することで来たのなら、それの詳細が訊き出せるかもしれない。

それに訪ねてきた親族を当主の嫁が追い返したと一族に知れ渡れば、心証が悪くなるだろう。ただでさえ彩友美の評価は低いのだから、これ以上下がるのは避けたい。

「せっかく訪ねていらしたんだから、客間にお通ししてください。私が出ます」

一瞬もの言いたげに眉を上げたメイド頭は、すぐに元の厳しい顔つきに戻って目を伏せた。

「承知いたしました」

普段着からワンピースに着替え、失礼にならない程度にメイクを直して客間に向かう。

蔵では突き飛ばされたり腕を強く摑まれたりしたが、母屋の中なら乱暴な振る舞いをしないと思える。

メイド頭が通した客間の前には、スーツを着たお付きの男性がひとり立っている。その人は彩友美を目にすると一礼をして客間の障子を開けた。

親族の男性とまともに相対するのは初めてのことだ。緊張を覚えながらも入った部屋の中では、ジャケットにノーネクタイという、少しカジュアルな服装をした正嗣が座椅子に座っていた。

彩友美が挨拶をして座椅子に座ると、正嗣は唇だけを歪め、愛想笑いとも言えない表情を作った。

挨拶を交わしてすぐにメイド頭がお茶を運んできて下がっていき、ふたりの間に静寂な空気が流れる。

「……九谷焼か。本家は相変わらずの派手好みだな」

色鮮やかな花模様の茶器は、気を遣うお方や気難しいお客さまの時に使用するものだと、メイド頭から教わっている。

この茶器を使ったということは、彼女にとって正嗣は、親族の中でも要注意人物であるとの認識があるのだろう。〝気を付けるように〟とのメッセージとも取れた。そう思えば、ますます緊張してくる。

どんな話をすればいいのか。ずばりと〝アレ〟のことを尋ねてもいいのか。

会話の糸口を探すも、どうにも居心地が悪くて腰がむずむずする。気を落ち着かせるために、湯呑の花模様を眺めて浅く息を吐いた。

そんな状態の彩友美とは真逆に落ち着いた様子の正嗣は、お茶を一口飲んで茶托に戻し、やおら口を開いた。

「修成はいないの?」

「はい、生憎とお仕事なんです」

「へえ、そうか。相変わらず忙しいんだな……。まあ丁度いいや。あんたに訊きたいことがあるんだ」

ぶしつけな物言いで敬意など微塵も抱いていない。彩友美は当主の嫁であるのに、使用人と同等の扱いをされている。

少しでも女主人らしい威厳を見せたいところだが、このような状況に慣れていないうえに十九歳の精神では、とうてい無理な芸当だ。姿勢を正してうつむかず、気丈さを出すしかない。

「訊きたいことって、なんでしょうか」

テーブル越しに向けられる正嗣の視線は、彩友美の頭上辺りから胸元までを何度か往復している。唇の端を上げて薄く笑うその雰囲気は、親愛の情から向けられているのではない。彩友美をさげすむような印象があった。

「いくつかあるんだ。まずひとつめ。記憶を失ったって本当か? 忘れたふりしてるんじゃねえの?」

「そんなことしてません。本当に、忘れているんです!」

語気を強めて言った彩友美に、正嗣は探るような目を向けた。

「そうかな？　忘れたふりして、時機を見て〝アレ〟を持って逃げるつもりなんだろう？　ほら、嘘ついたってすぐにばれるんだから、正直に言った方がいいよ」

薄笑いを浮かべながら出された猫なで声が不気味で、彩友美の背中に悪寒が走った。そして、〝アレ〟というワードが出たことに若干浮き立ちながらも、精いっぱい正嗣を睨みつけた。

「だから、〝アレ〟ってなんですか。意味の分からないことを言わないでください」

「とぼけるなよ。本当は知ってるんだろ？」

猫なで声から一転して、ハッとあざけるような笑い声を出した正嗣は、それから無言になった。

じっと見てくるさまは、彩友美の表情や仕草に出るなにかを読み取ろうとしているように見える。

もしかしたら正嗣はありもしないことを言って、彩友美に揺さぶりをかけているのだろうか。〝アレ〟という言葉でしか表現しないことで、その考えが妥当な気がする。

そうする目的はなんなのか。

『〝アレ〟を持って逃げる』という台詞に反応していれば、泥棒だと糾弾するつもりだったのかもしれない。

おそらくほかの親族と同じように、百合岡家から追い出したいのだ。

これまでの彩友美の考えを肯定するかのように、正嗣は探るような目で見つつも、頭の中では考えを巡らせているように見える。

「本当に、まったく知りません。だから〝アレ〟がなんなのか、教えてください」

声が震えないように気を付け、念を押すように強めに言ってみた。

彩友美には隠せるものも与える情報もないけれど、逸らすことなく向けられる正嗣の視線に不安を覚えてしまう。

百合岡家に関する大変な情報を忘れている気にさせられる。決して口にしてはいけないような、大切ななにかを……。

途端に正体不明の焦燥感が身の内から沸き上がってきた。

気を落ち着かせようと、湯呑に手を伸ばしてお茶を口に含んだ。緊張してカラカラになった口の中に宇治茶の芳醇な香りが広がり、飲み込むと少しだけ不安が和らいだ。

正嗣は頭の中で巡らせていた考えに終止符を打ったのか、諦めたように息を吐き、湯呑に手を伸ばして茶を飲んだ。

「ああ、分かったよ。本気で知らないみたいだから、もういいよ。でも、そうか……本当に記憶を失ってるんだな」

正嗣の態度が柔らかくなった気がして、彩友美も少し警戒心を緩めた。

「はい。記憶は十九歳の時で止まってるんです」

「へえ、じゃあ、ここに来てからのことほとんど覚えてねえのか。修成を愛してることも。奴に抱かれたことも？」

セクハラまがいな問いかけに、彩友美は思わずうつむいた。

「……覚えてないんです」

蚊の鳴くような小さな声で応えると、正嗣はさらに問いかけてきた。

「それで、今は抱かれてねえの？」

「そんなことに答える気はないですっ」

毎晩抱かれているなんて、答える義務はない。

けれど、つい昨夜の情事を思い出して頬を赤く染める。

修成は普段穏やかだけど夜はすごく甘い獣になるのだ。書庫でのこともまだ記憶に新しく、自然に胸が高鳴る。

——あの春画は、誰が買った本なのかな。

「ふうん、あんたそんな体してんのに、意外に初心なんだなあ」

「はっ？」

修成に思いをはせていて、正嗣が正面から隣に移動してきたことにまったく気づいていなかった。

あろうことか彩友美の肩を抱こうとしている。咄嗟に腕をはね除けて横に逃げるも、座椅子と重厚なテーブルに阻まれて動きがたく、簡単に捕まえられてしまった。

しっかりと体を拘束されて、正嗣の胸に押し付けられる。腕を解こうとしてもがいても、座椅子が少し動いて、上にある座布団が滑ってずれただけに終わった。

客室の前にお付きの秘書らしき男性がいるというのに、こんな行動に出るとは思いもしない。

「抱かせろよ」

ねっとりした不気味なささやき声の後に、耳朶がぺろりと舐められてぞわぞわと悪寒が走る。

「いや！　誰か来て！」

叫んでも、障子の向こうに透けて見える人影は微動もしない。

——うそ、もしかして計画通りなの？

正嗣の手が、ショックを受けている彩友美の口をしっかり塞いだ。

「奴は、見張りだ。叫んでも誰も来ないようにしてんだ。諦めろ」

彩友美は蔵での時のように、正嗣の手のひらに噛み付こうとした。が、気配を感じ取ったのか、口を開ける前に手のひらが浮いて、するりと躱されてしまった。

「おっと、同じ手はくわねえよ」

「私は修成さまの、当主の嫁なんです！　こんなことしていいと思ってるんですか」

手のひらに阻まれているせいで、くぐもった声しか出ず迫力も伝わらない。それに修成の名を出しても意に介しないのか、にやりと唇を歪めた。

「関係ねえよ。なあ、今は奴を愛していないなら、操を立てる必要もねえだろ？」

正嗣の手のひらが豊かな胸を鷲摑みにしてくる。ぐにぐにと強く揉まれて、舌と唇は執拗に耳朶をしゃぶった。

「やだっ、やめてっ」

「俺は、前からあんたに興味があったんだ。このエロイ体で奴を虜にしたんだろ？　この胸はいい武器だよな。俺にもしゃぶらせろよ」

下品な言葉ばかりが吐き出され、こんな扱いを受ける悔しさから目に涙が滲む。

背中を探る指先からワンピースのジッパーが下ろされそうな気配を感じ取って、彩友美は身をよじらせて必死に抵抗した。

こんな男に肌を見られたくない。見せていいのは修成だけだ。

「抵抗すんな。こんなとこ、誰かに見られたらお終いだろ？　大人しく抱かれればいいんだよ」

そんなことを言われたら、余計に抵抗する気持ちが強くなる。

正嗣は彩友美と修成を離婚させるのが目的なのだろうか。それならば、外にいる見張りは人払いではなく、人を招き入れるためにいるのかもしれない。

襲われているところを誰かに見られたら、ただでさえ危うい彩友美の立場は、一気に脆くなる。

「ちっ、強情だな」

背中のジッパーを下ろすのを諦めたのか、彩友美はぐいっと押し倒されてテーブルと座椅子の間に嵌まり込んでしまった。

手がスカートの中に侵入してきて、ストッキング越しに伝わる感触が気持ち悪くてたまらない。

「やめて！　触らないで！」

力の限り脚を閉じて抵抗をしていると、部屋の外がにわかに騒がしくなり、ついで障子が開いた。パシッという開き切った音とともに、男性の怒鳴り声が客間の空気を揺るがす。

「正嗣！　貴様はなにをしているんだ!!」

「ひっ」

声にならない息を漏らして身を起こした正嗣の体を、修成は渾身の力を込めて蹴り飛ばしていた。

吹っ飛ばされた正嗣の体が当たった座椅子は勢いのまま滑り、大きな音を立てて京壁にぶつかった。ぱらぱらと壁砂が落ち、正嗣は畳の上に倒れてうめき声を上げている。

「彩友美、無事か？」

呆然とした彩友美は修成に助け起こされ、守るように腕の中に入れられた。必死に抵抗し続けたおかげで息が乱れて苦しい中、すんでのところで操を守れたことがようやく理解できてきた。

もう闘う必要はないのだと伝えるように、震える背中を擦っている手のひらが優しい。切れそうなほどに張り詰めていた糸が緩んでいく心地よさに、彩友美は目を瞑って身を任せた。

「貴様、自分がなにをしたか、分かっているのか」

今まで耳にしたこともない地を這うような低い声音がして、彩友美はハッとして目を開けた。

部屋に入ってきた時のような怒声ではなく、とても落ち着いた物言いだ。けれども声に含まれた怒りの響きは、耳にした者に恐怖を与える迫力があった。

「おいおい、修成、待ってくれよ！　誤解しないでくれ。俺はそいつに誘惑されたんだよ！　こいつ、とんでもないあばずれなんだ。百合岡家に相応しくないから、さっさと離婚した方がいい！」

彩友美を指差して、罵るように言葉を連ねた。そんな正嗣の言い分を修成は無言のまま聞いている。

「修成さま、違う。違うんです！　私、私……あの、一生懸命逃げようとしたんです」

背中を擦っていた修成の手のひらは止まっていて、そのことに不安を覚えて彼を見上げた。

修成は彼を睨むようにして見ており、対する正嗣は顔を赤くし、額に汗を浮かべて非常に焦っているように見える。

今修成がなにを考えているのかは、彩友美には読み取れない。正嗣の言うことを信じているのだろうか。

——お願い、私を信じて。

滲む視界で、懸命に修成を見つめた。あばずれなどと揶揄されて、胸の中は哀しい気持ちでいっぱいだ。

「……信じてください」

涙に濡れる瞳を向けると、見下ろしてくる修成の唇が僅かに動いて『黙って』と言った気がした。

——修成さま……？

「それはソイツの芝居だ。片親の女なんか、下種《げす》だぞ。百合岡家の財産が目当てなんだ。騙されるな！」

「あばずれで、下種。そのような女性に手を出そうとした貴様は何者なんだ？　何故抱こうとした？　誘惑されれば、女性なら誰でもいいというわけか」

「違う！　お、俺は、百合岡家の一族だ。高潔な俺に抱かれれば、下種な女でも少しはマシなレベルになるだろ？　だから、仕方がないから抱いてやろうと思ったんだよ！」

「ほう……おかしいな？　その理屈ならば、この百合岡家当主の俺が、毎晩愛情を注いで抱いている彼女は、何故下種のままなんだ？」

「……ぐ、それは」

赤かった正嗣の顔から血の気がなくなり、一息に青白くなった。言い返す言葉が見つからず視線を宙にさまよわせている。

「貴様は先ほどからずっと、当主の妻である彩友美だけでなく、この俺をも侮辱していることを分かってるのか！　第一に彩友美は、貴様の言うような女性じゃない！」

「ひゅっ」

気迫のある一喝で正嗣は喉から息を漏らしたような声を上げ、次の瞬間には、執事が連れてきた警備員に体を拘束されていた。

「当主に対する不敬。当主夫人の侮辱と暴行未遂だ。彼を、北の反省部屋に」

「かしこまりました」

修成と執事のやり取りを聞いてぎょっと目を剝いた正嗣は、警備員に抱えられるようにして立ち上がった。

「ま、待ってくれ！　あそこだけは勘弁してくれ！」

「正嗣さま、観念なさってください。それに警察に通報されるよりは、座敷牢の方がマシでございましょう」

執事が窘めるように言い、警備員に連れていくように仕草で示した。

「いやだ。あそこは電気もなくて暗いって聞いてるんだ！　俺は、暗いとこが、大の苦手なんだよ！　それに、知ってるか。幽霊が出るって噂もあるんだ！」

「それはよいことでございます。その幽霊はきっとご先祖さまでございましょう。正嗣さまも、十二分に反省できますな」

「い、いやだあ～！」

半ば引きずられるようにして客間から出ていった正嗣の叫び声は、徐々に遠ざかっていき、間もなく聞こえなくなった。

――座敷牢って、現役で使用されてるんだ……。

しかも電気もなく幽霊が出るなんて、由真も言っていなかったことだ。

彩友美が座敷牢について思い返していると、体を包んでいる修成の腕の力が緩んだ。

彩友美の体がそっと離されて、お互いに正座をして向き合う。すると修成は彩友美に対してスッと頭を下げた。

「ごめん！　俺は、彩友美にかなり我慢させたよな。本当に、ごめん」

「え、え？　そんな、修成さま。どうか頭を上げてください」

自分の膝に手を乗せた格好で真摯に頭を下げる姿は潔い武士のようで、彩友美は狼狽えながら彼の方に手を伸ばした。

「彩友美が正嗣を誘惑していないことは、最初から分かっていたんだ」

おろおろと宙をさまよっている彩友美の手に、修成の手のひらが重ねられ、ぎゅっと力が込められた。

「でも俺は、あいつがきみの体の上に乗っている場面しか見ていなくて、その前の過程を見ていない。だから当主として正当に罰するには、もっと明確な理由が必要だったんだ」

辛そうに語る表情からは、修成自身も我慢を強いられていたことが伝わってくる。

修成は信じてくれていたのだ。それを聞けただけでも彩友美にとっては十分に嬉しい。

「この先も同じようなことからきみを守るには、前例を作っておくのが一番いいから」

辛辣な言葉を投げ続ける正嗣に対し、ずっと無言でいた彼の頭の中では、正当な理由を得るための考えが、目まぐるしいほどに駆け回っていたのだ。

「あっ、修成さま。手のひらに血が……！」

彼が手を動かした拍子に、左の手のひらに血が滲んでいるのが見えた。

丁度手のひらの真ん中を横切るように傷がついていて、修成は痛みに堪えるように少し眉根を寄せた。

「いつの間にケガをしたんでしょう？」

とりあえずワンピースのポケットからハンカチを取り出し、手のひらにあてがうと、修成は苦笑いした。

「これは俺の爪でやったんだな。きみに覆いかぶさっている奴を見た時、あんまりにも強く握りすぎたから」

「え、短く切りそろえられてるのに？」

「そう、それだけ桁外れに腹が立ったってことだよ」

「桁外れに……？」

それほどに怒りを感じてくれていたのだ。そう思えば胸の奥がきゅんと震える。

メイド頭に救急箱を持ってくるように頼んで手当てを施すと、ようやく気持ちが落ち着いてきた。そうなれば、ふと彼の仕事のことが気にかかった。

「そういえば、お仕事は終わったんですか？」

「……ああ、まあ、そうだね」

珍しくも歯切れが悪く、瞳を宙に泳がせている。

彩友美は首を傾げてじっと見つめた。

まるで気まずいことがあるかのような、困っているような印象を受ける。

「ひょっとして、終わっていないんですか」

問いかけると修成は小さくうなずいた。

「実は……彩友美の周囲で異変があったら、どんなことでもすぐに連絡するようにメイド頭に言ってある。今回は、彼女から連絡を貰って急いで帰ってきたんだ」

――私のために、大事なお仕事の途中で帰って来てくれたの？

愛情を感じてとても嬉しいけれど、反面寂しさが胸の内に湧いてくる。このまま傍にいてほしい気持ちを押し隠して問いかけた。

「じゃあ、今からお仕事に戻られるんですか？」

「もう戻らなくても大丈夫だよ。秘書がうまくやってる筈だから」

「そうなんですか、よかった」

――傍にいてくれるんだ。

今の彩友美にとって、修成が隣にいてくれる安心感はなににも代えがたい。気遣ってくれている気持ちがじんわりと胸に染み渡り、改めて操を守れてよかったと思う。

そうすると正嗣に触れられていた部分が妙に主張してきた。舐められていた耳も、摑まれていた胸も、どこもかしこも気持ち悪くてどうしようもなくて、彩友美は修成のジャケットの袖をぎゅっと摑んでうつむいた。

「彩友美、どうした？」

「正嗣さまに……いろんなところ、触られてしまって……私、私……すごく汚い」

言っているうちに怖さや嫌悪や悲しみなどが入り混じって抑えられなくなり、涙が頬を伝わってぽたりぽたりと零れて手の甲を濡らした。

「……それなら、今から俺が全部綺麗にする」

「えっ？」

尋ね返そうとして見上げると、修成は戸の方へ向けて声をかけていた。

「床の用意を頼む」

にわかに部屋の外で足音がして、誰に向けて命じたのか考える間もなくぐらりと視界が揺れ、抱き上げられたと気づいた時には客間を出ていた。

——綺麗にするって、入浴するの？　でも、床の用意って、どうして？

頭の中には疑問符ばかりが浮かぶ。

抱えられて運ばれる中、潤んだ視界に入る彼の唇を引き結んだ表情は硬く見えて、少し怖くもある。だからなにも訊くことができないまま、ただ修成に身を任せていた。


向かったのは浴室ではなく東の居室だった。

いつもは閉まっている桜模様の唐紙障子が開けられていて、彼の命令通り、すでに床の準備がなされていた。

寝室に入るとすぐに彩友美の体は布団の上に横たえられ、そのまま修成の体が覆いかぶさって性急に唇が重ねられた。

彼が漏らす熱い吐息が涙に濡れた頬にかかり、唇ごと食べられてしまうかのような荒々しさにいつになく高い熱を感じる。

それでも頬や髪に触れる指先はいつも通りに優しくて、普段と違う戸惑いと彼に触れられる喜びが彩友美の胸の中に同居している。

口の奥深くまで侵入されて、上顎から頬裏までもあますところなく舌でなぞられ、唾液を吸われて、息苦しいまでの愛撫に懸命に応えた。

「っ……んふぅ……ん」

目を閉じて彼の舌の動きを夢中で受け止めていると、肌の上をさらりと布が滑る感触がした。冷たい空気に晒された肩と、シーツが背中に触れる感触で、ワンピースが脱がされかけているのを知った。

重ねられていた唇が強く吸われて、ちゅぽっと音を立てながら離れる反動でぷるんと揺れる。

薄く目を開けると、修成は服を脱いでいるところだった。ジャケットを放り投げてネクタイをはぎ取るように外し、最後にはシャツを脱ぎ捨てた。

彼の表情はまだ少し硬いまま。反面見つめてくる瞳は切なげな色を宿していて、今回のことは彩友美だけでなく修成も辛かったのだと感じた。

——私と同じ思いを抱いてくれているの？

そう思うと、嬉しさと切なさで胸が震えた。

「教えて……髪には触れられた？」

「はい、ほんの少しだけ」

修成の指から零れる髪がシーツに当たり、耳の傍でパラパラと音を立てる。髪を梳く指先が時折地肌を掠めてくすぐったい。

美容院でシャンプーされているような心地よさに、猫のように目を細めてうっとりしていると、修成の顔がスッと近づいて耳朶をカリッと噛んだ。

「ひゃんっ」

「……耳はどのくらい？」

唇で食まれながら問いかけられると、低音ボイスと吐息のコラボで、首筋だけでなく腰までもがぞくぞくして震える。

「あ……ん、あっ、あの、すごく、たくさん……」

「……了解」

耳輪をぺろりと一周舐めあげられて、くすぐったさに肩をすくめた。耳全体を丁寧に、まるで掃除をするかの如く、穴の入口までもを彼の舌先がチロチロと這いまわる。

正嗣にしつこいくらいに耳朶を舐められても、気持ちがいいどころか嫌悪しか感じなかった。なのに、同じようなことをされて、今は天にも昇る心地がする。

――比べるまでもなく、私は、修成さまのことを……。

まだはっきりと『元通りに』とは言えないけれど、修成に愛情を持ち始めている。

修成の舌は耳から離れて、ツーッと首を下って鎖骨の丸い部分に歯を立てた。

「ぃぁあんっ」

コリッと骨を食べられるような感覚がして思わず声を上げると、噛んだ部分をなだめるように舌がなぞる。小さな痛みの後に優しくくすぐられれば、肌の記憶は甘いものにすり替わる。

鎖骨だけでなく、首にも肩にも胸元にも、指にまでも、幾度か繰り返されるそれは、まるで彩友美の体に修成自身を刻み込むかのよう。正嗣に触れられた時の嫌な感覚が、彼の強い愛撫で打ち消されていく。

「あん……あっ、あぁ」

修成の施す甘い痛みに翻弄されているうちに、ワンピースが脱がされていて桜色の下着姿に変わっていた。丸窓障子から透けてくる陽が、彩友美の白い肌に付いた赤い痕跡を艶やかに際立たせる。

痕跡の分だけ、彩友美の肌は修成のものだと主張されているようだ。赤い痕は普段ならば恥ずかしくて困ってしまうものだけれど、今は愛されている安心感で気持ちが満たされている。

修成の指が下着にかかり、布に包まれていた膨らみが解放されてぷるるんっと揺れた。正嗣に鷲掴みにされて乱暴に揉まれたそれを、修成の手のひらが裾野からゆっくり撫で上げる。

五本の指が緊張をほぐすように肌を擦って、八重桜のように色づいた蕾には触れそうで触れない。傍を掠める僅かな圧が煽情的で、知らず知らずのうちに腰をくねらせていた。

体の芯が熱を持って、早くそこに触れてほしくてたまらない。でも口にするのは恥ずかしくて、だから精いっぱいの熱を込めて見つめている。

なのに……それなのに、彼の指は焦らすように白い肌との境目を這いまわっている。そのせいで、蕾は自己主張するように天井に向かってツンと尖った。

——修成さま、気づいてくれないの？

「……ここは、どうだった？」

蕾の先端を軽く摘まれて、するりと舌が掠めた。焦らされたうえでもたらされた快感に背中がビクンと跳ねる。

「ああんっ」

「彩友美、答えて？」

蕾の先を指の腹で弾くように擦られて、とめどなく与えられる悦びにただ声が漏れる。

敏感な蕾を弄られながらじっと見つめられて、恥ずかしくもあるけどどうにも声が抑えられない。

「あ、あっ……そこは……あまりっ、全体を揉まれただけでっ」

やっとの思いで伝えると、修成は微かに口角を上げた。

ずっと硬い表情だった彼の僅かな安堵感が見えたのは一瞬で、胸に顔をうずめたせいですぐに視界から消えた。

彼の唇が谷間に吸い付き、ちゅぱっと音を立てる。硬く尖らせた舌が稜線を這いまわり、頂上まで到達するとぱくんとかぶりついた。

「あっ」

微かに歯を立てられて声を上げると、もう片方の胸が優しい愛撫を受けていた。

ゆっくりもみほぐされた後指の間に挟まれた蕾がすりすりと擦られて、先端をくすぐるように指の腹が撫でる。口に含まれた方では乳輪を辿るようにくるりと舐められて、舌先でころころと蕾を転がされていた。

ふたつの膨らみを制覇するかのような、この肌は自分だけのものだと主張するかのような。

――綺麗にするって、こういうこと？

「んはぁ……あ……はぁ」

湿った愛撫と乾いたそれと、感触は違えども両方の刺激が気持ちよくて、自然に胸を突きだすように背を反らせる。

口に含まれた蕾が吸い上げられると、体の深部がきゅうぅと締まって、蜜がジュワッと溢れ出すのが分かった。

――下に、触れてほしい……。

深部が熱くてどうしようもなくて脚をモジモジさせていると、蕾を転がしていた舌がスーッと下っておへそをぺろりと舐めた。

「ひゃあっ」

誰にも舐められたことのないそこは新鮮な驚きとくすぐったさをもたらして、体がビクンと跳ねた。蕾への刺激とは違うくすぐったさが勝る悦びで、舌で責められ続ければ腰がふわりと浮いて涙目になる。

頰が熱くて目は潤み、体中どこもかしこも熱くて微熱が出てきた気さえする。

そんな彩友美の顔を修成は愛おしげに見つめた。

「この可愛い顔を見るのは、俺だけだよ……」

彩友美も肌を晒すことができるのは、修成だけだと思う。けれど記憶を戻していない今は、すべてが自分の愛情からなのか、彼から与えられる愛情に応えての気持ちなのか、計りかねていた。

修成は記憶が戻らなくても、もう一度好きになってくれればいいと言っていた。修成の真摯な気持ちに応えるには、彩友美も真剣に考えなければならない。

——まだ、はっきり言えない。

「残るはここだな……一番肝心なとこ」

修成の目に鋭さが出て、声にも凄みが加わっていた。

「奴は、ここに手を入れていたよな?」

あの時は脚を閉じるのに必死で、どこをどう触られていたのか覚えておらず、うなずいてみせるだけにとどめた。刹那、修成の瞳に炎が点ったように感じた。

「きゃっ」

膝裏に手のひらが添えられて持ち上げられた脚がぐっと大きく開かれる。脚の間に沈んだ彼の舌が、アイスキャンディを食べるかのように内腿を舐めた。唇で甘く食み、ぺろぺろと舐める。

「あぁっ、あっ、やんっ」

修成の舌が内腿を舐めるごとにショーツの中身が湿り気を増していく。溢れた蜜でぬるぬるしているのが自覚できるほどで、自分の指を噛むことで、感じすぎているのを抑えようとした。

そんな密かな戦いをしている彩友美を尻目に、修成の愛撫は急速にヒートアップしていった。内腿を攻めるのをやめ、ショーツ越しに割れ目を舐めあげる。硬く尖らせた舌が何度も往復して、敏感な花芽をチロチロと嬲った。

「あっ、はっ……ぁ、あん、んっ」

舌の動きが激しくて、布越しなのか直接なのかも分からない。おかしくなってしまいそうで、彩友美はつい修成の頭を手のひらで抱えこむようにした。

膝裏にあった修成の手は内腿の付け根に移動していて、脱がされたショーツは片膝に引っかかっていた。

——いつ脱がされたかも分からないほどに、感じさせられるなんて。

少なからずの衝撃を受けて、恥ずかしさから顔を隠していると、蜜壺に指が入ったのを感じた。

深く入り込んだ指の腹で一番感じる部分をぐりっと擦られて、小さな電流が体の内側を走った。

「あぁぁっ……は、あっ、あ」

「中はもうトロトロだよ」

指が上下に激しく動くと水を含んだ摩擦音が大きく響いて、熱がさらに高まっていく。

修成がなにかを話しかけているけれど、ただの音の羅列のようで、彩友美には聞く耳もなければ訊き返す余裕もない。ぐずぐずに蕩けていきそうな自分の体を、なんとか押しとどめようとして強くシーツを握りしめていた。

「ごめん……今日は我慢できない」

指を引き抜かれて息を吐く間もなく、太くて硬いモノがぬるっと侵入してきた。狭い蜜道を押し広げながらゆっくり入ってくるそれは、彩友美に充足を与えて一息に快楽の沼へと誘った。

——奥が、すごく気持ちいい……。

蜜道いっぱいに入った修成の芯棒は、彩友美の快楽のツボを強く刺激してくる。引いては押してごりっと擦りあげられるそこは、全身が溶けてしまいそうな熱を生む。

「あっ……あっ……あ」

強い摩擦で溢れる蜜が零す激しい粘着音と、修成の腰を打ち付ける音と荒い息遣い。それに彩友美の言葉にならない声が交じり合って、興奮を煽り、密度の濃い快感をもたらしていた。

もう我慢などできる筈もない。

彩友美は堪えるのを止めてシーツから手を離し、彼の肩に手を伸ばして蕩けるような感覚に身を任せた。

まるで体の深部に炉があるかのようだ。

「あ……はあぁっ……あ、あっ、んっ、あ」

「ごめん、今回は長く持たない……って、彩友美は聞こえてないね」

荒い息を吐きながら修成が微笑んでいる。彩友美は強すぎる快感にうつろになりながらも、そんな彼の表情が好きだと感じていた。

修成の動きがいっそう激しくなって子宮口を打ち付け、彩友美は一気に頂点へと達した。

「んあぁぁっ」

びりびりと体が痺れて目の前に火花が散る。

彩友美が限界を超えたのを見届けてすぐ修成も情熱を解き放ち、彩友美の隣に体を横たえた。

余韻が残る彩友美の体は修成に引き寄せられて、耳元に口づけを受ける。そしてそっとささやかれた。

「彩友美。潮吹いたの、自分でも分かった？」

「え？　……塩、ですか？？」

きょとんとして訊き返す彩友美のことを、修成はおもしろそうに見ている。

「なんのことか、分からないの？」

彩友美にとって塩をふくというのは、真夏にたくさん汗をかいてびしょびしょに濡れたシャツが乾いた時、汗の中の塩分が固まって布に浮き出た状態のことだ。

――私、そんなに汗をかいたかな？　というか、ひょっとして肌に塩が浮き出たの？？

セックスをしてあまりにも気持ちよすぎると、女性は体に塩をふくのだろうか。修成の男性自身に続く、体の神秘第二弾である。

「あの、塩辛かったんですか？」

「ん？」

今度は修成がきょとんとして彩友美を見た。直後にプッと噴き出して、声を立てて笑う。

「修成さま？　そんなに可笑しいですか？」

あまりにも笑っているので彩友美もつられて楽しくなり、笑顔が零れた。

「ああ、俺と彩友美の〝しお〟の漢字が違うんだ。ほら、ここを見てごらん。びしょびしょだよ」

「え？　びしょびしょ？」

意味が分からなくて、おうむ返しのように尋ね返した。

でも言われてみれば、腰の辺りの布団が冷たい気がするのは事実で……。

体を起こして修成に示されたところを見ると、水が零れたかの如くに濡れていた。

「やだっ、どうしよう。これって、私がおもらししちゃったんですか……？」

まったく気づいていなかった。お手洗いを我慢していた自覚はないのだが、事実布団は濡れている。

成人してからおねしょをするなんて。いや厳密に言えば眠っていないからおねしょではないのか。

恥ずかしさのあまりにパニックに陥りかけた彩友美は、よしよしと頭を撫でられてなだめられる。

「違うんだ。潮を吹くっていうのはね……」

修成から詳細な説明を受けた彩友美は真っ赤になって顔を覆った。

「彩友美が気持ちよくなった証拠だよ。恥ずかしいことじゃない」

修成は平然としている。それどころか嬉しそうにも見えた。

だが、彩友美はそんなふうに考えられない。

濡れた布団やシーツのことをどうやってメイドたちに説明したらいいのかと、思案に暮れるのだった。

こうして正嗣に触れられた肌の記憶は、修成の情熱的な行為と彩友美の潮吹き現象のコラボで、遠い空のかなたへ消えていた。

六章　媚薬

日曜日の今日は天気がいい。

彩友美は居室前の庭に下りて、空を見上げてまぶしさに目を細めた。

日差しは初夏のそれに近く、四月とはいえ気温も上がって二十度近くになるとの予報である。完全なる布団干し日和だ。

——ほんとに、昨日はびっくりしたな……。

思い出しただけで体中に火が点いたように熱くなって、じんわりと額に滲んだ汗を冷まそうとパタパタと手で扇いだ。

修成に抱かれてあんなふうになるなんて、彩友美にとっては大変恥ずかしい現象だが、夫婦にとってはとても喜ばしいことだろう。それだけ深く契り合っている証拠なのだから。

——彼も、嬉しそうにしていたものね。

そう思えども後片付けが大変なことなので、正直に言えばあまり歓迎したくないのが本音である。

昨夜はあの布団で眠ることができないため、押し入れから予備の布団を引っ張り出して床に就いたのだった。

そして濡らしてしまった布団は、修成の協力のもとで、メイドたちに内緒でこっそりと天日干しすることに成功している。

メイドたちに『日中は東の仕事はしなくていい』と命じてもらい、使用した予備の布団と一緒に、陽が燦々と降り注ぐ縁側に広げてあるのだ。

剝がしたシーツは洗面室で手洗いし、たった今干したところだ。ここの庭には物干し竿はないので、大きな庭石を使って広げるしかなかったけれど、空気も乾燥しているからきっとすぐに乾く筈である。

屋敷のみんなにばれることなく仕事を終えられたことにホッと息を吐き、居室の文机に向かってなにやら書き物をしている修成に目を向けた。

グレーの和服を着て、背筋を伸ばして座る端整な横顔は真剣そのもの。

普段着が和服である彼はいつも屋敷の空気に溶け込んでいて、ともすれば時代を勘違いしそうな雰囲気がある。文机の上にあるセピア色の風景画がノスタルジックで、それも相まってなんだか感傷的な気分になる。あれに触れてはいけないような、そんな妙な感覚。

こうして庭から彼を眺めていると、外の明るさと室内の落ち着いた風情のコントラストが強くて、別の世界にいるように思えてしまう。

そう、まるで映画館でスクリーンを眺めているような、小説の挿絵を見ているような感覚になる。

見た目も中身も本当に立派な人なのだ。どうして一使用人だった彩友美が彼と恋愛できたのだろう。心の底から不思議に思う。

——思い出さなくちゃ。

相変わらずなんの糸口も見つからないまま、日々が過ぎている。もしかしたらこのまま記憶が戻らないこともあり得るかもしれない。そして屋敷を追い出されて、修成とも会えなくなって……。

ネガティブな考えが浮かんでしまい、ハッとして首をぶんぶんと横に振った。弱気な自分に喝を入れるように、頬を手のひらでペシペシと叩く。

まだ期間は半分ほど残っているのだから、諦めてはいけない。

——そうだ。やれるだけのことはやってみよう。

頭痛で倒れて以来、無理に記憶を探ろうとするのは厳しく止められている。

けれど、ふと思った。記憶を失ってからだいぶ日が経っているから、それほど激しく痛まないんじゃないか、と。

それはなんの根拠もない考えだ。時が経てば和らぐと聞いてもいない。でも頭痛を怖がっていては、いつまで経ってもこのままなのだ。

——少しくらいなら、平気だよね？

激しい痛みに襲われたら、すぐにやめればいい。

慎重に意識を集中し始めると、修成に名を呼ばれてドキッと心臓が跳ねた。

「は、はいっ」

記憶を探ろうとしていたのがばれたのか。なんて勘のいいお方なのだろう。

彩友美がドキドキしながら振り向くと、たもとに両手を入れた格好の彼が、広げた布団の向こう側に立っていた。

表情は硬めだけれど厳しさは感じられず、彩友美を咎めるふうには見えない。

「修成さま。お茶をご所望ですか？」

問いかけながら沓脱石《くつぬぎいし》に足をかけて縁側に上り、修成の傍に立った。

「それとも珈琲の方がいいですか？　今日はおやつにロールケーキがありますよ」

「いや、なにもいらないよ。今から北に行ってくるから」

「え、北って……出かけるのですか？」

「違うよ、座敷牢まで話を聞きに行くんだ。彩友美が聞きたくないこともあるだろうから、ここで待っててほしいんだ」

修成はたもとに入れていた手を出して、握っているボールペンで書く仕草をした。どうやら事情聴取を行うらしい。

「正嗣さまにお話を伺うなら、私も一緒に行きます。連れてってください」

予想外の反応だったのか、修成は首を傾げながら苦笑いをした。

「あそこは気分のいいところじゃないから、待ってた方がいいと思うんだけど」

「それは、覚悟してますっ」

語気を強めて真剣に見つめると、修成は眉をひそめて困ったように微笑む。

「う〜ん……きみには、あんまり見せたくないんだけどな」

やんわりと拒絶されるが、彩友美も引き下がれない。自分が関わっていることなのだから、自分の耳で話を聞きたいと思うのだ。

座敷牢が〝百合岡家のダークな一面〟なのは、由真から聞いて知っている。

「なにを見ても、大丈夫ですから」

握り拳を作ってガッツポーズをし、精いっぱいアピールしてみせると修成は小さく息を吐いた。

「まったく、きみは、結構頑固だよな」

『……きみって、結構頑固なんだね』

——え……？

頭の中にふと浮かんだ台詞が、修成の声と重なっていた。

同じような言葉を、過去に言われたことがある気がする。いつ、どこで、相手は修成なのか。

記憶を手繰ろうとすると、ふわふわと頼りない霞のようなそれは、ズキズキする頭の痛みを伴って摑み取る前に掻き消えてしまった。

「彩友美、やっぱり待ってるか？」

突然黙りこくってしまった彩友美の様子を窺うように、修成が慎重に問いかけてきた。

今浮かんだことを修成に尋ねてみるのもいいかもしれない。けれどあまりに曖昧すぎることでどう言えばいいのか分からず、問いかけに対して首を横に振っていた。

「いえ、待ってません。頑固さは、修成さまに負けてませんから」

「仕方ないな……じゃあ、おいで」

降参したような声音で言って、ボールペンを袖に仕舞った。ついで伸ばされた修成の手を彩友美はしっかりと摑んだ。

いつもならばそっと触れる程度にするのだけど、今は自分の意思の固さを示す時だ。遠慮せずにぎゅうぅっと握ると、修成がクスッと笑った。

「その意気込み、ずっと続くかな？」

——そんなに、酷いところなの？？

「も、もちろん、続きます！」

北の棟は、東のそれと居室の数も広さもあまり変わらないところだ。大きな違いは、東の庭は八重桜を筆頭に春をイメージして造られているのに比べ、北は寒椿などを用いて冬をテーマにしているところくらいか。

修成に手を引かれて北の縁側を歩きながらも、彩友美は忙しなく辺りを見回していた。ここのどこに、座敷牢があるのだろうか。縁側には陽が燦々《さんさん》と入り、明るく清潔な居室ばかりだ。修成が『見せたくない』と言うような陰りなど、どこにもないように思う。

「修成さま、いったいどこにあるのですか？」

「隠されているんだよ。こっちだ」

一番北側に位置する居室に入り、そこにある物入れの戸を開けた。

漆喰の壁に板敷の床。畳二枚ほどの広さの、どこにでもあるような物入れに見える。その漆喰の壁につけられた板を外すと、少しくぼんだ部分に黒い取っ手が付いていた。

「この奥に座敷牢があるんだよ」

「え、ここに？」

彩友美の記憶が確かならば、取っ手が付いている壁の向こうは、隣の部屋の押し入れなのだ。にわかに信じがたいことだけれど、修成が取っ手を引くと微かに蝶番の軋む音がした。

ゆっくりと重そうに開いた片開きの戸は、土蔵のそれと同じ構造をしていた。分厚くて階段状に整えられており、密閉と防音に優れていることが窺い知れる。

奥の方はひっそりと暗闇に包まれていた。

「この北の一角は、昔は薬剤の研究や実験なんかに使われていたんだ。だから使用人たちは、ごく限られた人しか近づけなかったみたいだよ」

彩友美は唾をごくりと飲み込んだ。由真から聞いた〝ダークな一面〟という言葉が、頭の中でぐるぐる回る。

座敷牢がある北の一角で薬剤の実験って……まさか、人体実験をしていたの？　とは口が裂けても訊けない。

「そ、そうなんですか」

知らずに声が震えてしまう。

「ん？　やっぱり、待ってた方がよかったんじゃない？」

「いえ、平気ですっ。ほら、さっさと行きましょう！」

湧き上がる恐怖心を押し隠し、強がってみせる。修成は諦めたように笑い、彩友美の手を引いて闇の中へと入った。

「少し階段があるから気を付けて」

闇の中、入口近くにあったランタン型のライトを点けると、辺りがほのかに明るくなった。三段ほど下りる小さな階段の先に、廊下があるようだ。その奥はあまりよく見えない。

――正嗣さまが言っていた通り、ほんとに、全体を照らす電気がないんだ……！

〝知ってるか。幽霊が出るって噂もあるんだ！〟

正嗣の必死に訴える声を思い出して、彩友美は身震いをした。

ひんやりとした空気と闇が不気味なムードを作っていて、屋敷内だというのに、まるで洞窟に入ったような気持ちになる。いや、お化け屋敷の方が近いか。

――た、たしかに、なにかが出そう。怖い……！

実験の結果亡くなってしまった人が化けて出るとか。激しい折檻《せっかん》の末に亡くなった人が怨霊になっているとか、浮かぶのはどれもロクな想像じゃない。

彩友美は修成の手をますます強く握り、なるべく彼の近くに寄った。ぴったりとくっついていたい衝動に駆られるが、さんざん強がってきた手前、それができずにぐっと我慢する。

「しかし、ほんとに真っ暗だな。通風孔もあるし、明かり取りの窓もいくつかあるんだけど、どれも雨戸が閉まったままなんだろうな」

そう言いながら修成は廊下に設置されているランタンの明かりを点した。漆喰の壁に板敷の床が明かりの中に現れる。横幅はふたり並んで歩くのにはきついほどで、まっすぐ奥まで続いている。

床は埃が溜まっておらず、密閉された空間のわりにかび臭くないのは、時々使用人の誰かが掃除に入っていると思われる。おそらく、メイド頭か執事だろう。

「まあ、今回はわざと雨戸を閉めてあるのかもしれないけどね。俺が命じたわけじゃないから、そこは誤解しないで」

「はい……」

こんな恐ろしげなところに来ていても、修成の声はすこぶる落ち着いたもので、幽霊が出るというのはただの噂であって真実じゃないかもしれない。

そう思った途端にカタンと小さな物音がして、彩友美の心臓が飛び出そうになった。ついで、「おおおおぉぉ……」とくぐもったような空気が震えるような、妙な声まで聞こえてきて彩友美の背筋がゾワッと震えた。

――で、出たっ!!

あまりの恐ろしさに声も出せず修成の腕にしがみ付くと、くるりと振り返った彼の懐の中にふわりと入れられる。

「よ、よ、お……おっ、お」

修成さま、おばけの声が！　と言いたいのに気が動転していてちっとも言葉にならない。

「さて、これはどうしたものかな？」

クスクスと笑う修成の息が頭にかかり、彩友美はハッと我に返る。声の出所の見当がついて、とんでもない勘違いをしていたことが恥ずかしくなった。

「やだ、私ったら……ごめんなさい」

しがみ付いていたのを解いて離れようと試みるも、却って腕の力が強まった。

「幽霊は単なる噂だ。でもきみは、ここのことをどんなふうに教えてもらったのかな？　おかげで無謀なチャレンジをされずに済んだわけだし、彩友美の可愛いところが見られたから、まあ結果的にはいいんだけど」

「……え？」

――無謀なチャレンジ……って、あっ！　まさか修成さまは知っているの？

思いあたるのは大黒柱に頭をぶつけようと考えたことくらい。修成はあの時の話を由真から聞いたということになる。

空気を震わす怨念のような声をＢＧＭにしながら、目を瞬かせつつ見上げると、ランタンの明かりをバックにした修成の表情は窺い知れなかった。

「報告されてるのは、彩友美にとって良くないと判断されたことだけだよ。でもあんまり無茶をすると、軽く〝おしおき〟するかもしれないな」

「へ……おしおき、ですか？」

「そう。だから絶対に無茶したらいけないよ」

屋敷の中では多くの目が彩友美を見守っていると聞かされて、思わぬ場所で、この先も無謀なことをしないようにと釘を刺された形になった。

修成の声はとても穏やかだけれど内容は不穏なもので、亡霊のような声が聞こえるのも相まって余計に恐ろしく感じてしまう。

緊張した面持ちで「はい」と答えると、修成の顔がスッと迫って唇に柔らかなものが触れた。リップ音とともにすぐに離れたそれは、約束の証としてなされたのか。

「今のこと忘れないように」とはっきり言われ、彩友美の背筋がひやりとした。

そして不気味な声の発生源に向かう。

廊下の突き当たりを左に曲がると、暗闇から一転して僅かに明るくなっていた。天井近くにある雨戸の板目に一筋の隙間があり、そこから外の光が届いている。たった一筋とはいえ、闇の中では大きな光源となっていた。

格子の嵌まった部屋が三つほど並んでいて、正嗣はその真ん中の部屋に入れられていた。光源の真下の部屋である。

ふたりが近づいていくと、怨念のような声は正嗣の泣き声だったことが分かった。

格子に寄りかかって少しでも明るい場所にいようとする彼の顔は、たった一晩過ごしただけなのにかなりやつれたように見えた。修成は幽霊などいないと言ったが、こんな表情を見れば、本当はいるのかもしれないとさえ思える。

「ほんとに、暗いのは苦手なんだ」

ぽろりと零した声はとても掠れていた。

「随分としおらしいな……蔵には忍び込めたのに？」

「だって、蔵は自分の意志で入ったし、ライトも持ってたし！　……でもここは違うじゃないか。もう十分反省したから、出してくれないか」

いくぶんか声を張っても覇気がまったくなく、彩友美に『下種』だの『あばずれ』だのと暴言を吐いた彼と同一人物とはとても思えない。

このような文明の利器から隔絶された真っ暗な部屋に長時間いれば、実際に幽霊など見なくても精神的に参ってしまうだろう。もしや一晩中泣いていたのかと考えると、少し気の毒にすら思えた。

「それなら、今から尋ねることに正直に答えるんだな。ここから出してもいいが、一切の隠し事をしないことが条件だ。まず、どうやって蔵に入った？　無断で入った理由も話せ」

問われた瞬間正嗣は目を背けて、視線を空にさまよわせた。

「そ、それは、ピッキングだよ」

「ほう、いつの間にそんな技術を身に付けたんだ？　泥棒に転職する気か？」

「違う！　技術なんか必要ない。錠前の構造は単純なんだ。器具ひとつあれば、簡単に開けられる。蔵に入ったのは言い伝えのお宝を探すためだよ。地図のありかを探していた」

「地図とは……伝説のお宝か。あれは実際には『ない』とされているのを知ってるだろう。地図もない。いくら探しても無駄なんだ」

彩友美にはまったく話が見えない。『伝説のお宝』とはなんなのか。

けれどふたりの話の間に入ってもいいのか迷い、とりあえずつんつんと修成の袖を引っ張ってみる。振り向いた彼に首を傾げてみせると、意図が伝わったのだろう。簡単な説明をしてくれた。

「百合岡家には埋蔵金の言い伝えがあるんだ。だけど地図もなければ、いつ誰が隠したのかも曖昧で、四代前の当主によって宝はないと判断されている」

――埋蔵金？

その言葉が、彩友美の心の中に妙なわだかまりを生んでいた。なんだか焦るような、それでいて不安なような、ここにいてはいけないような、とてもおかしな気分だ。

彩友美が訊きたかったのは〝アレ〟のこと。今の尋問の様子から判断すると、正嗣が必死に探していた〝アレ〟とは、埋蔵金の地図ということになる。

どうしてそれのありかを彩友美に訊いたのだろうか。修成に訊いても無駄だと判断したのは分かるが、当主の嫁なら知っていると思ったのか。

そんな大切なもの、知っていたとしても教えないのに、口が軽いと思われているのかもしれない。

――だからこんなに変な気分になっているの？

突然生まれた妙な感情に困惑して首を捻る彩友美の傍では、修成による正嗣への尋問が続いていた。

「彩友美に手を出そうとしたのは、借金を肩代わりしてやると言われたからか？」

正嗣はハッとして目を見開いた。そして諦めたようにがっくりと肩を落としてうなずき、「なにもかもお見通しか……」と呟いた。

「言われたのは複数人からだよ。過程はどうあれ、ふたりを離婚させられたら成功だったんだ……今回のことに親父は関係ない」

「それは真実か？　こちらにはコレの用意もある」

修成は懐の中からなにやら取り出して、正嗣に見えるように外から届く光に当てた。彩友美には手のひらに収まるほどの小さな袋に見えたが、正嗣は目に見えて動揺している。

「本当なんだ！」

正嗣は事業に失敗して負債を抱えていた。その借金は膨大で、返済の見込みも立っていない。でも埋蔵金さえあれば、それを見つけることができたのなら、犯罪まがいの危険を冒さなくても返済分が賄える。少しでもその可能性があるのなら、それに懸けたかったという。

――だから、あれほど必死になって探していたんだ……。

正嗣の口から語られた内容に、彩友美は少なからずの同情を覚えてしまう。けれど彼のしようとしていたことは、いずれも悪事であることには変わりない。

「貴様は、無期限に本家への出入りを禁止する」

当主より正嗣への処分が言い渡され、この一件は終了となった。

座敷牢から出ると光のまばゆさに目を瞬かせながら、中と外の空気の違いを実感する。木の葉が風にざわめいて鳥のさえずりが聞こえるのが、とても幸せなことだと思えた。

「まあこんなことがあるのも、約束の期限までかな」

東の棟に戻る道すがら、修成がぽつりと呟いた。それを受けて彩友美は「そうだといいですね」と、彼と同程度の声音で返す。

本当ならこれっきりにしてほしい。だけど親族によるふたりを引き離そうというもくろみは、これからも続くかもしれない。

彩友美だけでなく修成も気を付けるように話し合い、その夜はお互いの絆を深め合った。

縁側の格子戸の窓は、明治初頭の建築当時そのままのガラスが嵌められている。現代のサッシ窓よりもはるかに薄くて、少しのショックで割れてしまいそうな危うさがある。

ところどころ気泡が入っているのもレトロで、当時では建材用の板硝子は海外から輸入されたものしかなかったらしく、大変貴重なもの。

現代に同じようなガラスを手に入れるのはとても難しい。風合いや色などを同じくしないと、変えた部分だけが浮いてしまって市松模様みたいになると聞いている。

そのため、うっかり箒の柄などで割ってしまったら大変だから、掃除は慎重にするようにとメイド時代にしっかり教育されていた。

彩友美はそんな窓を慎重に拭きながら、座敷牢でのことを思い出していた。

埋蔵金の話をされた時に感じた胸の中のわだかまりは、いったいなんなのか。

誰にも言ってはいけない、大切なもの——。

誰かがそう言っていた気がする。どこで誰が言っていたのか。直接言われたのか、又聞きなのだろうか。

なにかが思い出せそうだけれど、正体不明な壁に包まれていて中が一向に見えない。意識を集中すると、ズキン！　と強烈な痛みに襲われて、額を押さえて懸命に耐える。

ここで怯んだら、いつまでたっても記憶を戻せない。だから、これくらい我慢しなければ……。

頑張れば壁の中が見える気がしてめげずに記憶を探ると、思い出すのを阻むかのように頭の痛みは増していき耳鳴りまで併発した。

ズキズキと絶え間なく続く痛みと不快な耳鳴りに耐えられなくなり、とうとう頭を抱えながらしゃがみこんだ。

「うぅっ……気持ち悪い」

吐き気までもよおしてしまい、無理に探ろうとしたことを後悔した。

こんなふうに座り込んでいるところを誰かに見られたら、再び大騒ぎになりかねない。かといって立ち上がることもできずに蹲っていると、案の定数秒も経たないうちに見つかってしまった。

「奥さま！　大丈夫ですか！」

呼びかけるのと同時に駆け寄ってきたその人は、彩友美の背中を優しく擦ってくれている。激しい痛みで歪んだ視界に、ツインテールがふらふらと揺れているのが映った。

顔を上げると、彼女は唇を引き結んで青ざめており、メガネの奥の瞳が心配げに彩友美を見つめていた。由真だ。

「お医者さまをお呼びしましょう。執事さんに伝えてきます。ここでお待ちください」

「あ、それは、やめてっ」

立ち上がろうとする由真をすんでのところで引き留めると、彼女は戸惑いの声を上げた。

「えっ、でもそれじゃぁ……」

「いいの、ありがとう。この症状は二度目だもの。これくらい、しばらく横になれば大丈夫だから」

院長が往診に来てしまえば、当然修成の耳に入ってしまうだろう。無謀なことをしたらおしおきすると約束したところなのに、破ったと知られれば〝反省しなさい〟などと言って座敷牢に入れられかねない。

それがたとえ一時間程度のことだったとしても、大人の男性がさめざめと泣くような恐ろしい場所で過ごすのは、真っ平御免である。

今こうして話している間にも、頭痛も吐き気も僅かながらに和らいできている。大袈裟にしたくない。

「それから、お願い。このことは修成さまには内緒にしてね」

そう言うと、由真は眉を下げて困惑したように微笑んだ。

即答しないことからも、修成から命じられているであろうことと、彩友美のお願いとの狭間に立った苦しさが伝わってくる。

「……分かりました」

由真が「今回だけですよぉ?」といつものくだけた口調に戻ったので、彼女の胸の中から緊迫感が去ったことを覚り、彩友美は胸を撫でおろした。

そしてふと思う。由真は何者なのかと。

彼女が近くにいる気配は、駆け寄ってくるまで微塵も感じられなかった。それなのにいつもタイミングよく現れる彼女は、気配を殺して身を潜めているのが上手だと言える。

世が世なら女主人の侍女といったところだろうか。

いや違う。陰ながら見守り、必要ならば手を差し伸べて主のために暗躍する。それはまるで戦国時代の……。

「あなたのご先祖は忍者なの？」

「は？」

瞬間きょとんとした由真はすぐにプッと噴き出した。

「やだぁ奥さま。忍者って、なにを言ってるんですかぁ。先祖は普通の農民で、私はただの二次元好きなメイドですよぉ。たしかに、忍びには憧れますけど」

由真はころころと笑いながら彩友美が立ち上がる手伝いをして、部屋に行って休みましょうと勧めてきた。

体を支えられながら東の居室まで歩く道すがら、由真は二次元の忍びについておもしろおかしく語る。

「忍びには医療術に長けた人もいるんですよぉ。もう、すっごくカッコいいんですぅ。強いうえに、治癒もできるんです。彼がいれば安心っていうか、この身のすべてを任せられるっていうかぁ」

恋い焦がれるような声音でされる話は、頭痛に苦しむ彩友美の気を紛らわせてくれる。

そんな由真の気遣いが嬉しい。

「あ、そういえば旦那さまって、薬剤師の資格持ってらっしゃるんですよね。どんな薬剤も調合できるって……それって、すごいことですよね！　現代の医療忍者！」

楽しげに話す由真の話に深く考えずに肯定の相づちを打ったけれども、その後ひとりになって気分が落ち着くと、座敷牢の中で見た小さな袋を思い出していた。

正嗣が狼狽したあれはよくある薬袋のように見えたが、なんだったのだろうか。

——なんでも調合できるって、まさか、毒……？

頭を過《よぎ》ったその考えを追い払うように、頭をぶるぶると振った。

修成がそんなものを作って持っているなんて、ちらりと思ってもいけない気がする。

しかしあの動揺ぶりは……？　などと考えてしまって、いやいやあり得ないとすぐさま否定する。

そんな悶々とした思いを引きずりながら迎えたその夜。いつもより早い時間に帰宅した修成は、着替えを済ませた後、彩友美の手をそっと握ってきた。

「今日は、なにか変わったことがなかった？」

普段訊かれないことを問われ、後ろめたいことがある彩友美は肝が冷える思いがした。

約束をしてくれた由真が話したとは思えない。ならば修成はなにも知らない筈で、たまたま尋ねられているだけなのだ。なにも恐れることはない……。

「えっと、なにもないです……いつも通りで、記憶が戻ることもありませんでした」

「そうか。それは残念だったね」

修成は握った手を引き寄せてふらついた彩友美の体を支えて、穏やかに微笑んで見つめてくる。そのままじーっと動かないから彩友美は焦りを感じていた。

「あ、あの……修成さま？」

きっと彼は普段通りの愛情ある態度を取っているだけで、後ろ暗いことのある彩友美の心理がいつもと違うと思わせるのかもしれない。

けれど修成のもの言わぬ圧力は、なにもかも知っているような錯覚を起こしてしまう。

——でもでも、やっぱり知ってる筈ないし！

「なにか話したいことがあるなら聞くよ。さっき、迷うような素振りしてただろ」

「えっ……」

平常通りにふるまっていた筈だけれど、修成には心の揺れを読み取られていた。

この空気に負けて、無茶をして頭痛を起こしたことを話してしまうと、恐ろしいおしおきが待っている。

なによりまず自分自身の気を逸らさなければ、永遠にこの心理状態が続きそうで、彩友美は必死に話題を探した。

——なにか、なにか話すことは……。

頭の中を駆け巡るのは、修成には言えない〝アレ〟に関することばかり。焦るあまりに出た言葉は、つい先ほどまで悶々と考えていたことだった。

「あの、あの時持っていた小さな袋は、なにが入っていたんですか？」

少し眉を上げた彼の目が揺れたように見え、場の空気が変わった気がした。張り詰めていた糸が緩み、彩友美の肩の力が抜けている。

ようやく無言の圧力から解放されたことにホッとしてふぅっと息を吐くと、修成に座るよう促されて向かい合って座っていた。

「あの時って、座敷牢の中でのこと？」

今度は修成が言い淀んでいるように見える。

やはり聞いてはいけないことを尋ねたのかもしれない。再び緊迫した空気が生まれ、彩友美の尋ね方も慎重になる。

「あれは……その、すごく特別なものなんですか？」

緊張しながら出した声は、自分が思うよりもずっと小さな声だった。修成は一拍置いた後口を開く。

「中身は〝正嗣が怖がるもの〟と言えばいいかな。そうでなければ脅しにならないからね」

——怖がるものって、やっぱり危険なものなの？

青ざめて声も出せずに口をパクパクさせる彩友美を見て、修成は文机の引き出しからなにかを取り出してきた。

手のひらにあるのは、病院で処方される時のような半透明の小さな薬品袋だ。

「それが、あの時持っていたのと同じものなんですか？」

彩友美の質問に対し、修成は少し口角を上げるのみで肯定も否定もしない。

危険な薬を不用意に引き出しに入れておくとは思えないけれど、話の流れ的には正嗣に見せた物と同じに違いない。

「彩友美は、チョコレートには媚薬効果があるって話を聞いたことがあるかな？　カカオに含まれるセロトニンやフェニルエチルアミンなどが、中枢神経や脳に働きかけて興奮させるんだ」

「それは……知らなかったです」

チョコにそんな効果があるなんて。化学物質の名前を聞いても耳慣れないために、まったくピンとこない。

けれど、修成が伝えたいことはなんとなく分かる。

彩友美はドキドキする胸を押さえつつ、おずおずと訊ねてみた。

「その、じゃあその袋の中身って、あの……媚薬……なんですか？」

口に出した後に顔がカーッと熱くなって、慌てて手のひらで頬を隠した。修成はなにも言わずに微笑んでいるから、彩友美は肯定の意ととらえた。

——どうして今のタイミングで媚薬を出すの？　話題逸らしのためなの？

優秀な薬剤師である修成ならば、体にいいものも悪いものも全部、なんでも簡単に作れてしまうのだ。それを伝えたいだけなのだろうか。

引き出しに隠し持っていたのは意外だったけれども、つまり彼は、いつでも使えるように調合していたということになる。

——まさか、今から使うつもりとか？　誰に？　ひょっとして、私に!?

普段から所持していたなんて……考え至ると余計に顔が熱くなって、息が苦しくなるほどに胸がドキドキしてきた。

飲めと言われたらどうしようか。

媚薬を飲んだら、体はどんなふうに変化するのだろう。抱いてほしくてたまらなくなって、自分から求めてしまうの？

修成の和服をはだけさせて抱きつき、熱っぽい目で見つめてキスをねだる……。

淫らで濃密な想像をしそうになり、恥ずかしくて居たたまれなくて、どういう態度でいたらいいのか見当もつかない。

修成は、顔色を青から赤へと短時間で変化させておろおろしている彩友美の様子をおもしろそうに見つめ、クスッと息を漏らすように笑った後、ゆっくりと口を開いた。

「そろそろ、ネタをばらそうかな……残念だけど、これはただのビタミン剤」

そう言って指先で持った袋をひらひらとさせた。

「えっ……そう、なんですか……じゃあ、どうしてチョコのお話を？」

「今みたいに事前に情報を与えると、違うものでもそう思えてしまうだろう？　あの時は、その心理を利用しただけだよ」

「それならあの時見せた小袋も、ビタミン剤なんですね？」

「そう。正嗣は俺が薬剤師だと知ってるし、あの状況下で〝コレがある〟と言ってみせれば、こちらの良いように勘違いをしてくれると思った。結果、思惑通りになったってわけ。多分、自白剤だと思っただろうな」

自白剤などスパイ映画でしか見たことがないが、とにかく、危険なものじゃなくてよかった。彼は実際に毒などを作って所持するような、犯罪まがいのことをする人ではないのだ。

真相が分かればホッとして、知らずに入っていた肩の力を抜くと、修成の手のひらが彩友美の頬を包んでいた。

「しかし、こんなに可愛い顔を見られるとは、思わぬラッキーだったな。真っ赤なリンゴみたいだ」

「へ？」

「これの中身、媚薬の方がよかった？　俺としては、それに頼らなくても十分にきみを満足させてるつもりなんだけど」

修成の声と瞳に艶が乗っている。ついばむような口づけを何度もされて、彩友美は戸惑いの声を上げた。

「や、そんなことないですっ」

つい先ほどまで真面目と思える話をしていたのに、彼の愛情スイッチはいつ入るか分からない。

「ちなみに、チョコを食べて試してみようと思っても無駄だよ。ほとんどが消化されて脳には作用しないと、科学的に証明されてるからね」

「ああ、道理で……そう、そうですよね！」

今まで何度もチョコを食べたが、リラックスしたことはあれども性的欲求を感じたことはない。

納得してうなずいていると、ふわりと体が浮いた。片腕で軽々と抱えあげられていて、寝室に続く桜の唐紙障子がどんどん近づいてくる。

「え……修成さま。お食事は？」

「後でいいよ」

「どうして？？」

「さっき使ってみたいと思っただろ？　でもふたりの間には媚薬なんか必要ないってこと、教えてあげるから」

ネタバレされる前の僅かな間に、彩友美が媚薬に興味を持ったのがバレていたようだ。

心臓がドキンと跳ねて、否定の言葉が出てこない。

あわあわしている間にすらりと開けられた唐紙障子の向こう側には、床の準備がなされていた。それは自己主張をするかのように、居室から漏れた光の中に浮かんでいる。

バシッと開け放たれた戸の向こうにある整えられた布団を見てハッと驚く。その状況はまるで、好色な悪代官に「抱かれるなら借金はチャラ」などと脅されている綺麗な町娘のようだ。いや修成は彩友美の夫であって、悪代官ではないけれども。

「いえいえ、十分に分かってますっ。それにお食事を先にしないと、準備してるみんなに迷惑ですよ。だから、ね、行きましょう?」

「少しくらい遅れたって構わないよ」

「でももしも呼びに来られたら――っ」

ぽすんと横たえられて唇を塞がれれば、もう抗うことなどできやしない。口中を蹂躙する彼の舌遣いに意識が蕩けて、抵抗する気持ちを奪われてしまう。

彩友美にとっては彼自身が媚薬そのもの。ふたりの間には余計なものなんて必要ない。

これで十分理解したことを伝えたいけれど、どんな言葉にしたらいいのか。

「あの」とか「その」など言いかけているうちに服が脱がされて、うつぶせの状態にされていた。

「食事の前でも後でもすることは変わらないよ。だから、もう観念して」

脇から手を差し入れられて四つん這いになるよう促され、両手をついて体を支える。こうすると彩友美の豊満な胸は、まるで細い枝にたわわに実った果実のようで……。

自分がこんな格好をしていることが恥ずかしいけれども、体の芯に火を点けられた今は、修成の意のままにされたいとも思う。

大きな手のひらに、熟しかけた果実をもぎ取るようにわしっと掴まれ、思わず甘い声が漏れた。

「もしも呼びに来たら、声を聴かれるかもな。でも……俺は手加減しないよ」

いたずらっぽい声でささやかれて、うなじに口づけが落とされる。そのまま熱い舌が背中の方へおりていき、チュッと吸い上げてはチロチロと舐められて、くすぐったいような快感に襲われて腰がぞくぞくと震えた。

「あ……ぁっ」

その間にも胸への愛撫は続き、指の間に挟まれた蕾がきゅううっと摘まれる。体の芯が疼いてどうしようもなくて、腰をもじもじと動かすと硬いモノがぴたんとお尻の骨の辺りに当たった。

――これって、彼の……！

今までに何度か見た修成の大きくて立派なそれ。自分の体の中に入るのをイメージしてしまうと、この先をどうにも期待せずにいられない。

じわっと蜜壺から溢れた滴が蜜道を潤し、柔らかなひだがひくひくとうごめいて、硬いそれを迎える準備を整えていく。

「彩友美の背中は綺麗だな……きみの素肌を見るだけで、俺のはこんなに硬くなるんだ。ほら、よく感じてみて」

彼の熱く滾った欲望が白桃のようなお尻の割れ目に入り込み、全体をぬるりと擦り上げた。

「ぁあんっ」

ぬるぬると前後に動くそれが敏感な花芽を強く擦って、微弱な電気が体の中を走る。前後に動く亀頭が花芽を刺激するたびに、そこが熱くて気持ちがよくて、彩友美は背を反らせて腰を突きだした。

「あっ、はっ」

お食事のことやメイドが呼びに来る可能性などが頭の隅を掠めるけれど、漏れ出す声も高まっていく熱も抑えることができない。

「はあぁっ」

刺激され続けた花芽がとうとう限界を超え、彩友美は高まったエネルギーを解放するように嬌声を上げた。体が震えて力が抜け、支えていた腕もくずおれてしまい、布団に上半身を沈める。

修成に支えられている腰だけが高く突きだされ、蜜口は情熱が欲しいとひくついていた。

赤く色づいた肌を愛しそうに撫でた修成の滾ったモノが、狭い蜜口を押し広げながらゆっくりと挿《はい》ってきた。

「あ……あ……あっ」

擦られる快感を生みながら奥まで充足感に満たされたそこが、修成が前後に腰を動かすとネチョッネチョッと淫靡な音を立て始めた。

それは溢れる蜜の多さに比例して部屋の中に響き、パンパンと腰に打ち付けられる音と一緒にいっそう激しく大きくなっていく。

「この音も外まで聞こえそうだな」

ささやきかけるように言われたその言葉に羞恥を覚えるけれども、それが余計に興奮を生んでいる。彩友美はそんな自分に驚きながらも与えられる強い快感に溺れ、ひたすらに声を漏らし続けた。

布団の上に投げ出していた両腕を彼に取られて背後に引かれ、体を起こすと修成の芯棒がより深く挿しこまれ、彩友美の弱点を強く穿った。

「ひゃあぁっ」

抜き差しが激しくなり、たわわに実った果実のような胸がぷるぷると揺れる。

穿たれている柔ひだからは蜜がとめどなく溢れ続けて抗いきれない快感を生み、彩友美は身の内から湧き出る熱波に意識を投じた。

引いては押していたそれが次第に引かなくなっていき、瞳は潤み朱に染まった肌は汗ばんで、逃れられない快感に耐えきれず……。

「あん、あ、あ、修成さまっ、い……も、もう、もうイッちゃうっ」

半ば叫ぶように言うと、修成は彩友美の腕を放して腰をガシッと掴んだ。

「一緒に……イクぞ」

いっそう強く穿たれて、修成のうめくような声を聞くのと同時に彩友美の頭の中に火花が散っていた。

「ああっ、あああぁぁ」

呼吸を乱しながらいったん離れた修成の腕が、ぐったりと布団に倒れ込んだ彩友美の体を優しく抱き寄せる。

膝の上に乗せられた彩友美の首筋に唇が落とされた。

「彩友美、来週の日曜日にパーティに出席すること覚えてないよな?」

汗ばんだ肌をタオルで拭かれながら問いかけられたことに、彩友美は首を捻って答える。

「はい、知らないです」

「やっぱりそうだよな。百合岡製薬グループ企業の跡取り息子の誕生パーティ。今度二十五歳になるんだ。彩友美の着物を新調していたから、明日にも届く筈だよ」

跡取り息子……所謂御曹司だ。けれど二十五歳の誕生パーティとは、セレブともなれば、いくつになっても誕生日を祝うものなのか。

そんな彩友美の考えを察してか、修成は言った。

「やたらと盛大にやるらしいから、誕生パーティというのは表向きで、実は婚約が発表されるんじゃないかともっぱらの噂だよ。彩友美にとっては興味ある話題じゃないかな？」

彩友美は修成に見初めてもらって結婚に至ったと聞いているけれど、その跡取り息子にはどんなロマンスがあるのだろう。修成の言う通り、知らない人のこととはいえ、どんな女性が選ばれるのか興味が湧いてくる。

「恋愛結婚なんでしょうか」

「それは分からない。まあ、噂だから違うかもしれないけどね。……さあそろそろ食事に行こうか。あんまり待たせると、さすがに気の毒だ」

「いけない。そうでしたよね！」

急いで服を着て髪を整え、彩友美は修成とともに食堂に向かった。

食堂に入ると、そわそわとした様子で待ち構えていた年若いメイドが、ふたりの姿を見るなりポッと頬を赤らめた。

「あ……！　私、御汁を温めてまいります‼　お待ちくださいませ‼」

叫ぶように言うや否や厨房に駆け込む彼女の様子を見て、修成が『さすがに気の毒だ』と言った意味がなんとなく分かり、彩友美は居たたまれない気持ちになった。

多分彼女は、遅い彩友美たちを一度呼びに来たのだろう。それを修成は知っていたのに違いない。そう考え至れば背中に汗が滲んだ。

どういう態度で接したらいいのか分からない。

間もなく厨房から戻ってきた彼女は明らかに挙動不審で、初心な感じがひしひしと伝わってくる。

――もう、修成さまのせいなんだから！

誘惑に負けた彩友美も悪いのだけれど、ひとまずそれは置いといて、元凶である修成はとても落ち着き払っているのが少し悔しい。

修成の穏やかな居ずまいでの上品な所作を見つつ、これから食事前は絶対に自重してもらおうと決めたのだった。

七章　親族の思惑

今日は雨が降っている。木々の葉に当たる雨音はさらさらと優しく、とても静かで鳥の鳴き声もない。

彩友美の目を楽しませた庭の八重桜はすっかり散ってしまい、全盛期にはピンク色に染まっていた敷石も、落下した花が片付けられて元の無機質な色を取り戻していた。

春をイメージした庭は緑濃い初夏へと、風情を変えつつある。もうしばらくすれば梅雨が始まり、自然の理通りに迷うことなく暑い真夏へと向かっていくのだ。

彩友美のメイド仕事の期間はとっくに終了しており、記憶が取り戻せなかったことにしばらくはへこんでいたけれど、今日は晴れやかなパーティの日。曇った表情をしていたらいけないと気を引き締めて、彩友美は姿見の前に立った。

着付けをしてくれるのは百合岡家専属の人で、この道ひと筋半世紀をゆうに超えると思える年齢の女性だった。髪は白くて背は彩友美よりも低い。枯れたように細い手は、長い人生を感じさせる趣があった。

そんなふうにか弱いと思える着付け師は、着付けが始まるや否や、見かけによらない力強さを発揮した。

「奥さま、少々我慢してくださいませ！」

「……うっ」

いきなり思ってもみない力を受けて、知らずにうめき声が漏れる。

「帯はしっかり結ばねば、すぐに着崩れを起こしてしまいますからね」

ぎゅうぎゅうと締められる感覚に辟易しながらも、鏡の中の自分が大和撫子になるさまを見つめていた。

パーティのためにあつらえた着物は、加賀友禅の訪問着である。

落ち着いた渋めのピンク地に、辻が花、桜、菊が流れるように描かれた模様はとても華やかで、彩友美の健康的な美しさを可憐に際立たせている。

髪をアップにして真珠の花簪《はなかんざし》を付ければ、百合岡家当主夫人として申し分ない艶やかさと品を醸し出した。

「はい、よろしゅうございますよ」

ぽんと帯を叩いて終了宣言をした着付け師は、さっと道具を仕舞って部屋から出ていく。

それと入れ替わるように、修成が入ってきた。

「彩友美、支度できたか？」

修成も今日は略礼装として用いる一つ紋の羽織袴姿だ。着物は紺鼠《こんねず》で袴は茶紫、羽織は濃紺というういでたちで、まぶしいくらいの美男子ぶりだ。

「修成さま……すごく、カッコイイです」

見とれている彩友美に、修成も目を細めてあでやかな着物姿を見つめた。

「ありがとう。彩友美もすごく綺麗だよ。その色も模様もすべて、きみのためにあるみたいだ」

クサイと思う台詞でも、修成が言えば特別な響きとなって彩友美の心をくすぐる。

「ありがとう」

「今日は、出席者の皆がきみに興味を持って話しかけてくると思うけど、緊張しないで気楽にしていればいいから」

修成の言葉で彩友美はハッと気づいた。

修成と彩友美は婚約発表もなく式も身内だけで済ませて、よそに向けての結婚披露もなかったと聞いた。

要するに周囲にとってふたりは電撃結婚であり、彩友美が公に姿を見せるのはこれが初めてとなる。大企業百合岡製薬の御曹司夫人に興味を持つのは当然だ。

「なんか、却って緊張してきました」

記憶喪失なのは百合岡一族以外は知らないことだろう。けれど、なれそめなどを問いかけられたらどう答えたらいいのか。

「大丈夫だよ。みんな初対面なんだから、挨拶と社交辞令的な会話しかしてこないだろうから」

プライベートに踏み込むような質問はされないということだ。それならば、修成の隣で愛想よくしていればいいのかもしれない。そう思えば少し気楽になる。

「それからこれ、帯に挟んでおいて。今日のお守りだから」

修成が差し出したのは、クレジットカードのように薄くて四角いものだ。彩友美の頭の中に疑問符が踊るけれど、深く追及することもなく、言われた通りに帯に挟んだ。

修成に手を引かれて玄関まで行くと、待ち構えていた執事が紅色の和傘をバサッと開く。

「どうぞ、こちらにお入りくださいませ」

和傘を差しかける執事を含めて三人が余裕に入れるそれは、お茶席で使用するパラソルのように大きい。

しとしとと降る雨の中を車まで向かうのも、整えられた砂利道に敷かれた絨毯と大きな和傘のおかげで着物が濡れることはない。

車止まりまで辿り着いて乗り込むと、屋根付きの立派な正門を潜って道路に出る。記憶喪失以来、初めての外出だ。なんだかうきうきわくわくする。

高速に乗って小一時間ほどして、車は港に着いた。

「うわあ、大きな船ですね」

三階建てのキャビンだけでなく、船体にも窓が並ぶ大きな客船を見て、彩友美の口から感嘆の声が漏れる。

学生時代の修学旅行で遊覧船に乗ったことはあるが、客室を有する大きな船に乗るのは初めてだ。

すでに集まってきている招待客たちが続々と船内に入っていく。彩友美は執事が差しかける大きな和傘の下で修成の腕に手を預け、案内に従って船に乗り込んだ。

パーティ会場はオーケストラボックスのあるダンスホールで、カーブを描く階段を下りた先にあった。

階段に囲まれた空間には光るオブジェがあり、パルテノン神殿のような茶色いエンタシスの柱が高級感を醸し出す。見上げれば中央に大きなシャンデリアが光り、広間を見下ろす位置にあるエレガントな曲線を描くバルコニーでは、タキシードを着た紳士と着飾った婦人たちが談笑していた。

まるで映画で見たタイタニック号のようで、あまりにも煌びやかな船内に、戸惑いと感嘆の入り混じった変な声が出てしまう。

「はわわわぁ……」

こんな船を貸し切ってするパーティは、ただの誕生日祝いではなさそうに思う。修成の言っていた通り特別ななにか――婚約発表がありそうだ。

そしてふと申し訳ない気持ちになった。

本来ならば修成もこのように大々的なパーティを催し、婚約発表をして祝ってもらう立場だったのだ。それなのに彩友美が結婚相手になったことで、阻んでしまったのだろう。

修成に言えば「気にするな」と言いそうなことではあるが、こんな上流の世界を目の当たりにすると、身分差を実感してしまう。

気後れし、きょろきょろして落ち着かない彩友美だけれど、修成のもとに向かってくる人を見て気を引き締めた。

――ご挨拶に来られるんだわ。

すらりと背の高いイケメンな男性と、ぽっちゃりした可愛らしい女性だ。年齢はおそらく同年代くらいだろう。彼らはふたりの前まで来ると親しげな笑顔を見せた。

「波山《はやま》さん、お久しぶりです。ゴルフコンペでお会いして以来ですね」

「そうですね！　もう一年ほど前になりますか」

ふたりは笑顔で社交的な会話を交わした後、互いの連れに視線を向ける。彩友美は修成に肩を抱かれ、少し前に押し出された。

「彩友美、こちらはペット関連の事業を営んでいる波山さんだ。お隣におられるのは奥さまだよ」

紹介を受けた彩友美が微笑むと、波山は修成と同じようにぽっちゃり奥さまを前に押し出した。

「はじめまして、波山康介《こうすけ》です。こちらは妻の凪沙《なぎさ》です」

気のせいか、柔らかく微笑む凪沙のお腹が少し膨らんでいるように思う。全体的にふっくらしているけれど、凪沙のお腹を庇うような仕草や、波山の気遣いぶりが余計にそう思わせる。

「俺は波山さんと少し話があるから、彩友美は凪沙さんと話していてくれないか。彼女とは気が合うと思うよ」

修成がペット用の医薬品の話を持ち出して波山と話を始めた。こういう場でもビジネスの話をするのは、きっとよくあることなのだ。

気が合うとは言われても、いったいなにを話せばいいのか分からない。

場慣れしていない彩友美は悩み、とりあえず上流世界に慣れていると思える彼女にリードしてもらおうと、笑顔を向けてみた。

「実は私、こういうパーティに出席するの初めてなんです。だから気後れしちゃって」

えへへと照れたように笑う凪沙は、素直で明るい性格のようだ。

「私もそうなんです！　ずっと一般庶民でしたから！」

仲間がいた！

互いにそう感じたようで、一気に親近感が湧いたふたりはクスッと笑い合った。そのため、話もくだけた内容になる。

凪沙は現在イベント会社に勤務しており、波山とは歩道橋で知り合って恋に落ちたと、稀有なエピソードを話してくれたので、彩友美は目を丸くした。

お返しに彩友美は百合岡家のメイドだったことを話すと、凪沙はその出会いもドラマチックだと言って楽しそうに笑った。

凪沙とはいい友人になれそうで、彩友美は嬉しくなる。

彩友美にも凪沙のように稀有なエピソードがあるのかもしれない。それを思い出せないのはたいそう歯がゆいことだった。

「実はあと五ヶ月もしたら、家族が増えるんですよ」

凪沙がお腹を愛しそうに撫でて微笑んでいる。その優しい表情からは、お腹を慈しみ大切にしていることが伝わってきた。

最初に抱いた印象は間違ってはいなかった。彩友美は胸の前でパシッと手を叩いて喜びを表現する。

「それはおめでとうございます！　生まれたらお祝いをお送りしますね」

「ありがとうございます」

凪沙がお礼を言ったところで、室内の明かりがフッと消えた。彩友美は修成に腰を引き寄せられ、凪沙は波山の隣に移動している。

パーティを始めると司会者のアナウンスがあり、オーケストラの誕生日ソングの演奏が始まった。スポットライトには本日の主役である御曹司の姿が浮かんでいる。

蠟燭の火が点された大きなケーキが、着物姿の女性が押すワゴンにのって登場した。火を吹き消した御曹司が着物姿の女性の手を取り、「この女性が私の婚約者です」と宣言したことで、場は騒然となった。

祝いの声が飛び交い、若い男性たちが持ったクラッカーが鳴らされる。友人たちと思われるその一団は、あろうことか御曹司を囲み胴上げを始めた。

着物姿の女性は関連会社の社長令嬢で、ふたりは幼馴染だとの噂が彩友美の耳に流れ込んできた。

長年の恋が実ったならば、見守っていたであろう友人たちの喜びもひとしおなのだ。

「思わぬサプライズに予定が崩れましたが、皆さま、只今より乾杯の音頭を……」

司会者の機転で笑いが起こり、ウェイターが運ぶワゴンからシャンパングラスを取った彩友美たちは、乾杯の音頭に従ってグラスを掲げた。

思っていたよりもずっとフランクな雰囲気で、上流世界での社交の場は敵意を持った人ばかりという認識を持っていた彩友美は、その考えを改めていた。

――百合岡家一族が、特別なだけなのかな？

親族もパーティに招待されているだろうけれど、広いダンスホールの中では今のところ姿を見かけていない。

「清吉さまたちは来ていないのですか？」

「彼らは人脈作りに勤しんでるんだろう。顔を見れば渋い顔をするから、なるべく会わない方がいいな。楽しい気分が台無しになる」

修成はうんざりといった感じの声音だ。

しかし実際ここでは身内に挨拶するよりも、先ほど修成が波山とビジネスの話をしたように、ほかの企業との繋がりを作る方が建設的な行為なのだ。親族たちも、ふたりを探してまで話をしに来ないだろう。

「お腹空いただろ。食事を取りに行こう」

彩友美は修成のリードで立食形式の食事を楽しみつつ、挨拶に来る人たちと会話を交わした。

先に凪沙と話をしたおかげもあって、随分とリラックスしている。自然に出る笑顔は、他人には人当たりの良い女性として映っていた。

百合岡家当主夫人としては、まずまずの社交デビューである。

——これで記憶が戻れば、言うことないのだけれど……。

彩友美はひっそりとため息を零した。根本的な問題はまったく解決していない。

アルコールが回ってくると、生のオーケストラの演奏に合わせてダンスをする人たちも出て、ダンスホールの真ん中でくるくると花が咲いたように踊っている。

彩友美も若い男性に誘われたけれど、修成の手助けを受けて丁重にお断りした。ダンスなんて、できやしない。

中盤に差し掛かった頃、ゲストにシャンソン歌手が現れて歌を披露し始めた。ホールのあちらこちらから聞こえていた話し声も止み、ムードのある落ち着いたメロディにうっとりと聴き入る。

彩友美はロマンチックな気分になって修成にひたと体を寄せると、すぐに腕の中に入れてもらえて充足感に満たされた。

——私、修成さまが好きなんだ……。

この気持ちは義務感から生じたものではない。彼と過ごすうちに、優しさも厳しさも甘さも立派さも知って、惹かれていったのだ。

——記憶を失う前の私もそうだったのかな。

歌が終わると人が移動を始め、再び修成のもとにはたくさんの人が入れ替わり立ち替わり話をしに来る。そんな中、彩友美はもじもじしながら修成に耳打ちをした。

「お手洗いに行ってきますね」

修成は一瞬迷うようなそぶりを見せたが、ビジネスの話を振られたこともあって場を抜けられないでいる。

「船内は広いから、迷子にならないように」

心配顔の修成に笑顔を返し、人の間を抜けてカーブを描く階段を登っていく。胸に名札を付けたクルーらしき人を見つけて、お手洗いのありかを尋ねると中央ロビーの傍にあると言われた。つまりダンスホールの真上にある。

ロビーに点在するテーブルセットには、ソファに座って体を休めている招待客の姿もある。その中に奈々子の姿を見つけてしまい、彩友美の心臓がドクンと鳴った。明るいブルーのドレスを着て、四人ほどの男女でテーブルを囲んでいる。

皆笑顔で話をしていてとても楽しそうに見える。

修成がビジネスの話をするのと同様に、このようにセレブが集まるパーティは、絶好の婚活の場ともなるのだろう。独身女性ならば、良家の男性と縁を繋ぎたいと思うのは当然のことだ。

あの親族会議に至った元凶の彼女は、向かいに座る若い男性との会話に夢中のようで彩友美に気づく様子がない。

挨拶をすべきかどうか迷うけれども、記憶のことを尋ねられたら面倒なことになりそうで、そっとその場から離れた。

お手洗いを済ませて少しメイクを直し、ダンスホールに戻るとさっそく修成の姿を探したが、元いた場所にはいない。

人が多くて探すのは大変だが、羽織袴姿の彼は洋装の多い中においてはとても目立つ存在だ。和装の男性というだけでも珍しいのに、加えて背が高いとなればすぐに見つかる。

そう思っていたのだけれど……。

――あれ？　どこにもいない……修成さまもお手洗いに行ったのかな。

きょろきょろしながら歩く彩友美の背後から、せかせかしたヒールの音が近づいてくる。駆けているような雰囲気で、なんだかすごく急いでいるようだ。邪魔になってはいけないと横に避けようとすると、「すみません」と呼びかけられた。

「え、はい、私ですか？」

振り返ると燃えるように赤い色のドレスを身に着けた若い女性がいた。ストレートの髪はさらさらとしていて、まるでシャンプーのCMモデルのようだ。加えて小顔で目鼻立ちがくっきりしていてハーフのように綺麗だ。少し息を切らしているところを見ると、やはり走ってきたと思えた。

「あなた、百合岡の奥さまですよね？　百合岡さんが大変なんです。一緒に来てくださいませんか」

走る。

「え、修成さまが？」

走って呼びに来るような事態とは、いったいなにが起こったのか。彩友美の体に緊張が走る。

「なにがあったんですか⁉」

「いいから、とにかく来てください！」

女性は彩友美の問いかけには答えず、来れば分かると言って先立って歩いていく。

――お互い、親族の動向には気を付けよう。

彩友美の脳裏に、修成と話し合ったことと、正嗣事件が過る。

修成の体調が悪くなったのならそう言う筈で、なにも情報をくれないのはおかしい。信用してもいいのか迷うけれど、もしも本当に修成の身になにか起こっているのなら大変だ。彩友美は用心しながら女性の後を追った。

赤いドレスの女性は階段を登ってロビーを通り、客室のあるゾーンに入っていく。

左右にドアが並ぶ廊下には人気がなく、彩友美は不安を覚えた。もしもここで誰かに襲われたら、助けは期待できない。

帯に手を当てて、修成に渡されたお守りのありかを確かめた。これがなにかは分からないが、おそらく意味のあるものだろう。そう思うといくぶんか不安が和らいだ。

ロビーから随分離れたところまで来ると、赤いドレスの女性は止まって振り返る。

「百合岡さんは、こちらにいますよ」

そう言って船室のドアを指差した。

ドアストッパーが挟まれたそこは、ようやっと内部が見えるくらいに開いている。彩友美を中に入れて閉じ込める気なら、いっぱいに開けて強引に押し込めると思うのに、どうやら目的は違うようだ。

——修成さま。本当に中にいるの？

赤いドレスの女性を見ればにっこり笑って、どうぞと言うように手を翻す。

「とてもおもしろいものが見える筈ですわ」

「おもしろいもの？」

『大変なんです』と言ってここまで連れてきておいて、いったいなにを見せたいのか。

彩友美の頭の中に、見ては駄目だという警報が鳴り響く。

宿泊のできる客室はシティホテルのような設備が整えられている筈で、当然シャワーもベッドもあるのだろう。

「あなたは、多くのセレブのパーティが、客室ありきの施設で行われるわけをご存じかしら？　ここだけじゃありません。ほかの部屋も使われている筈ですよ。お隣も後ろもどこも。そのためにこのフロアは開放されているんです」

「え……それは、どういうことですか」

「答えは中にございますわ。ご自分の旦那さまの様子を、よ〜くご覧になって」

クスクスと笑うように言った赤いドレスの女性の、実際に中を見ていないのに、中で行われていることを知っているという態度がカチンと気に障る。

修成が中にいないこともあり得るのに、〝おもしろいもの〟という根拠はどこにあるのだろう。彩友美を煽っているだけなのか。

――この人の目的はなんなの？

乗っていいのか、このまま去った方がいいのか迷う。

だが、見ないままダンスホールに戻ってずっと悶々とするよりは、潔く中の様子を見た方がいい気がする。

そうだ、百合岡家の家訓にも『花房が落ちるがごとく潔くあれ』とあるではないか。彩友美も百合岡一族の端くれなのだ。ならば、それに倣うべきだ。

――まあ、あれは男子のものなんだけれど。

それでも！　と意を決し、細く開いていたドアをそっと広げて中を覗いた彩友美は、声を失った。

内部はシティホテルの客室と同じような造り。細い通路には大きな姿見がある。ドアの隙間からでも見えるよう調節された感じで、内部がしっかり映っている。大きなベッドがあり、さらに向こうの窓に近い方にはリビングセットが置かれていた。

修成はリビングセットの傍にいて、予想通りというべきか、女性を抱きしめている。女性のドレスは脱げかけていて上半身は下着が見えた状態。修成のことを熱を帯びた視線で見つめている。

彩友美から見えるのはふたりの側面で、女性が背の高い彼の肩に腕を回している様子がよく見える。

背伸びをした女性の顔がだんだん近づいていき、にこりと微笑んでいる。キスをねだるような、その妖艶な表情に彩友美は動揺した。

お手洗いに行っている僅かな間に、修成は女性の誘いに乗って部屋まで来たのだろうか。

赤いドレスの女性が言うように、こういうことはセレブの間では至極当然の慣例で、浮気を目撃しても妻は目を瞑るものなのか。

「ふたりきりになれて、嬉しい。私、前からあなたのことが気になっていたの。たまには奥さまと違う味をお試しになったらいいわ」

中にいる女性のクスクス笑うようなささやき声が耳に届き、彩友美はふたりの動向から目が離せなくなった。

呼びかけて止めるべきだと思うが、喉が詰まっているように声が出ない。

「そしてあんな庶民丸出しの奥さまよりも、私の方が知的レベルも品位もセックスもすべて、あなたと相性がいいって分からせてあげる。だから……私を抱いて？　絶対に後悔させないわ」

女性の目線も腕も脚もすべてが、修成の体を搦め捕るようにしていて、じっとりした情念のようなものが彩友美のところまで伝わってくる。

「あんな奥さまよりも、満足させてあげるから」

ねっとりした視線で見上げて魅惑的に微笑み、修成の羽織を脱がしにかかる。

「あなたは具合が悪いんじゃなかったのか？」

部屋の中の空気が凍るような冷たい声がして、女性は驚いたように目を見開いて手を止めた。

「そうじゃないなら、彩友美を待たせているんだ。失礼するよ」

修成は女性の手を振り払って、自分の体から引き剝がしている。

「待って！　そんなことしていいの!?　今の私が外に飛び出して助けを求めたら、どうなるか分かっているの!?」

真っ赤な顔になった女性はドレスを脱ぎ捨てて下着だけになり、憤怒の形相で修成を睨みつけている。

恥をかかされたことが、女性のプライドを傷つけてしまったようだ。

「あなたはこれがなんだか分かるか？」

修成は懐からなにかを取り出して女性に見せている。彩友美からは見えないが、手のひらよりも小さなもののようだ。

「そんなカードみたいなものがなんだというの！」

吐き捨てるように言った女性の目の前で、修成は手のひらの中のものを操作した。するとさっきまでされていた会話がカードから聞こえてきた。女性が誘っている言葉も脅している言葉も、すべてがそのまま再生される。

「外に出て叫んだらいい。立場が悪くなるのはあなたの方だ」

きっぱりと言い放った修成は踵《きびす》を返して、つかつかと歩いてこっちに来る。彩友美が見たこともないような冷淡な顔をしており、心底怒っているのが伝わってくる。全身から溢れ出る気は、彩友美が正嗣に襲われた時よりも冷酷に感じた。

——どうしよう、こっちに来る！

ドキドキしながらも、開けていたドアをそっと元通りにした。

見ていたことがばれたら、「何故止めなかった？」などと言って、すごく叱られてしまいそうだ。

隠れた方がいいと思えども、まっすぐな廊下が続く船内には隠れる場所がない。走って逃げるにしても着物ではそうそう遠くに行けず、走り去っていくのを見られたら変に思われるだろう。

「え、え、どうしたらいいの？」

独り言ちながらキョロキョロして慌てふためいた。案内してきた赤いドレスの女性はいつの間にかいなくて、彼女がいれば言い訳もできようが、ここにいることをどうやって説明したらいいのか。

いっそのこと、ほかの部屋に入ってしまおうか。

そんなふうにオロオロしている間に、修成のいる船室のドアが大きく開かれた。

「……彩友美？」

呆けた声が頭の上から降ってきた。見上げると、驚いた表情の修成が彩友美を見下ろしている。

「えっと、その……迎えに、来たんです」

咄嗟にそう言うと、修成は破顔した。ついで彩友美の腰を抱き寄せて額にキスを落とす。今まで放出していた怒りの気は微塵も感じられない。

「修成さま、怒らないんですか？」

ストッパーを失くしたドアが、修成の背後でゆっくり静かに閉じていく。中にいる女性はどんな気持ちでいるのだろう。

「怒らないよ。しかし、誰が部屋を覗いていたのかと思えば……きみだったとはね」

「え、知っていたんですか？　それなら、呼びかけてくだされぱいいのに」

彩友美はむくれてみせた。

女性の艶めかしさに加えて修成の拒絶する気配が見えなくて、今にもベッドに倒れ込みそうでハラハラしていたのだから。

「浮気すると思った？　俺は彩友美一筋なんだから、あり得ないよ」

修成が女性ふたり組に声をかけられたのは、ふと会話が途切れた隙間だったという。

「彩友美がお手洗いに出ていって、ビジネスの話が終わった時だったよ。片割れの女性の体調が悪く、船室で休ませたいから連れていくのを手伝ってほしいと頼まれたんだ」

修成はその時を振り返って彩友美に語る。

スタッフを呼ぼうと思ったが手近なところには見えなかったため、女性に手を貸して船室まで運んだ。

船室に入った後すぐに赤いドレスの女性が「知り合いの医師を探してくるから、しばらくお願い」と言って、ドアにストッパーを差し入れて船室から離れていった。

船室に備えてあったミネラルウォーターを女性に飲むよう勧めたり、体の具合を聞いたりと、修成なりの気遣いをしていた。

それからしばらくして、体調が悪いと言っていた女性が立ち上がって、ドレスのファスナーを下ろした。

「突然の行動に驚いたけど、衣服を緩めるためだと思った。女性はふらふらしていたしね。転びそうになったのを支えたら、抱きしめてる格好になったんだ。ふらふらしていたのも、倒れそうになったのも、全部演技だったんだな」

「私が見たの、その後くらいからです」

そう言いながら着物の帯に手をやり、修成にもらったお守りを出した。

「……これは、ボイスレコーダーだったんですね？」

「そう。親族がまた妙な画策をしてこないとも限らないから、念のために準備したんだ。結果、俺の方で役立ったわけだ」

修成も自分のボイスレコーダーを出して、彩友美のと並べてみせる。

「まあ、彩友美に手を出したら座敷牢が待っているとあれば、誰も襲おうとは思わないだろうけど」

修成はペン型のボイスレコーダーも持っていて、正嗣の尋問の際に使ったと言った。座敷牢に行く前、たしかに修成はペンを持っていた。あれがそうだったのだ。

「騙されて、ごめんな。俺が肌に触れたくてたまらない女性は、彩友美だけだよ。だから俺を信じてほしい」

「うん……分かってる。信じてる」

彩友美が見た通り浮気は未遂に終わっているのだ。修成の愛情は彩友美だけに向けられている。それが実感できた出来事だった。

その後パーティに戻る際、ロビーで奈々子とばったり会った。ふたりを見た彼女は一瞬驚いたような表情をしたが、すぐに満面の笑顔になった。

「わあ、ふたりともこのパーティに来ていたの？　知らなかったわ～。彩友美、その着物すごく綺麗。似合ってる～！」

「ありがとう。奈々子さんも素敵なドレスだわ」

奈々子は彩友美の記憶のことに触れることなく会話を続けた後、仲良くなったと思われる男性とともに去っていった。

「……仕組んだのは、奈々子かもな」

「え、彼女がですか？　どうして？」

「態度が白々しかったから、そう思っただけだよ。まあ証拠はないけど」

奈々子が実際に手を下したわけじゃない。あの女性は修成の心を奪いたいがために、独自に行動したとも考えられる。

ふたりを離別させたい親族はほぼ全員であり、黒幕となる人物も複数人に及びそうだ。修成が深く追及しないと決めたことで、この件はこれでお終いとなった。

はらはらして嫌な気持ちにもなったけれど、結果的に修成との絆が深まった。

隣を見上げると穏やかな微笑みが返ってくる。それだけで胸の中がほっこりして、温かい気持ちで満たされる。

彼を好きなのだと、改めて実感していた。

八章　すべては……犬？

パーティが終わって日常に戻ると、彩友美は時折豪華だった船内を思い出しては『船旅も素敵だな』などと思う。

おそらく自分たちは新婚旅行をしていない。だって、それらしい記録も写真もお土産もないのだ。

彩友美は旅に行ったならば、必ず記念となるお土産を買う性格だ。土地名が入れられた置物やキーホルダーを買って、後々眺めては楽しかったことを思い返すのが、幼い頃からの常だ。なのにそれがないのは、やはりどこにも出かけていないということになる。

修成は豪華な新婚旅行を計画しそうだが、親族たちの手前、彩友美自身が「行かなくてもいい」と遠慮をしたのかもしれない。

「彩友美、これを見てくれないか。この中からきみの好きなものを選んでいいよ」

「……カタログですか？」

彩友美の問いかけにうなずいて微笑む修成が差し出している分厚い本は、アクセサリーのカタログだった。

何故これを？　と疑問が浮かぶけれど、すぐに考え至った。

「あっ、母の誕生日プレゼントですね！」

彩友美の母へのプレゼントだ。母の日には海外に住む修成の母と彩友美の母にフラワーギフトを贈ってくれた。修成はこういう気遣いを忘れないのだ。そう思うと、やはり新婚旅行は彩友美が断ったに違いない。

ひたすらに優しくも情熱的な愛情を向けられて、彩友美はなんて幸せなのだろうか。

記憶を失くす前の自分も、こんな彼だからこそ身分の違いに戸惑っても親族に反対をされても、結婚しようと決めたのだろう。

庶民である彩友美を守ってくれて、家族をも大切にしてくれる人だから。今ならそれが実感として、体に心に染み渡っていた。

「修成さま……好きです。あなたに、二度目の恋をしています」

思いが溢れてどうしようもなくてつい口から零れてしまった言葉に、修成は一瞬呆けた表情をするも、すぐに照れたように笑った。

――こんな可愛い表情もするんだ……。

初めて見たそのはにかんだ笑顔はすぐに消えて穏やかな笑みに変わったけれど、彩友美の目にしっかり焼き付いている。

「俺は、笑顔のきみや困った顔のきみ、怖がっている時の愛らしさ、それから夜の艶っぽさも、恥じらうところも、毎日の一瞬一瞬にきみに恋をしているよ」

自分の告白よりも数倍に素敵な言葉を貰ってしまった。修成はなにをするにも彩友美のはるか上をいくのだ。到底敵わない。

全身が歓喜に満ちて、知らずに瞳が潤んでいく。頬を染めた笑顔を見せると、すっぽりと腕の中に入れられた。彼のぬくもりが心地いい。

「嬉しい……」

「前にも言ったけど、記憶なんて失っていてもいい。きみは再び俺に恋をしてくれたんだ。期限がきて引き離されたとしても構わない。彩友美に二度目のプロポーズをするよ」

「二度目の、プロポーズ……」

彩友美は言葉を噛みしめるように呟いた。そうしてもらえたら、どんなに素敵だろうか。しかしそうはいっても、実際には簡単なことではないだろう。再び一族会議が開かれて、猛反発を受けるに違いないのだ。

母の誕生日は六月十日。それが近づいてきたということは、彩友美の記憶を戻す期限も迫っているということだ。けれども記憶は欠片も戻らないまま。

彩友美は焦燥を感じていた。

六月に入り期限が迫ってくると、親族が入れ替わり立ち替わり彩友美を訪ねてくるようになった。

記憶が戻ったかどうか確かめ、戻ってないことを知ると嫌みを言い、にやにやと笑いながら帰っていくのだ。そのたび彩友美は悔しい思いと焦りを感じて、修成に慰めてもらっている。

頑張って思い出そうと幾度も試みるが、記憶は欠損したままだ。

『記憶は戻らないこともある』

院長が言っていた言葉が頭の中を掠めていく。諦めてはいけないと自分を鼓舞するも、気分は沈みがちだ。

そんなある日、親族の中でもボス的な存在である人物が訪ねてきた。親族会議で議長を務めていた奈々子の父、百合岡清吉である。

今日は平日であり、修成は出勤していて留守だ。それなのに訪ねてきたということは、彩友美ひとりに用事があるのだろう。きっとほかの親族と同じように記憶の戻り具合を確かめに来たのだ。

彩友美はこっそりカード型のボイスレコーダーをポケットに入れ、東の客間に通した清吉と向き合った。

「ようこそお出でくださいました。今日は、お仕事はお休みなのですか？」

彩友美が儀礼的な挨拶と質問をすると、清吉は唇を開くことなく、「うむ」と答えた。

気難しい顔つきは親族会議の時に見たそのままで、普段でもずっとこの表情なのかと思うくらいに変化がない。

会話をどう続けたものかと思案していると唐紙障子の向こうから声がかけられた。応答すると、すらりと開いた唐紙障子の向こうに、メイド頭が膝をついて一礼していた。

「お茶をお運びいたしました」

丁寧な所作でお茶を出したメイド頭が退室したのを見届けると、清吉は引き結んでいた口を開いた。

「単刀直入に言おう。あなたには、今すぐ百合岡家と縁を切っていただきたい」

いきなり出された直球の言葉に、彩友美の思考が固まった。

ぎろりと睨んでくる清吉の鋭い眼力に慄くも、パーティの日に船室の中で見た修成の姿の方がはるかに恐ろしかったことを思い出すと、委縮していた体がフッと楽になった。

勇気を奮い起こし、負けじと睨み返して精いっぱいに毅然とした態度を取った。

「それは、できません」

「未だあなたの記憶が戻っていないと聞いている。一族会議で決められたこと……まさか、それまで忘れたとは言わないだろう」

清吉は「ふん」と鼻から息を漏らして嘲笑する。その表情でも気難しさは変わらない。

「まだ、日にちはあります」

「それは、期限が迫る今やもう希望的観測に過ぎないだろう。一族の面前で恥をかく前に、さっさと出ていった方がよろしい」

清吉は彩友美を説得しに来たのだろうか。記憶が戻らず、最近は意気消沈しているのを見透かされているようで、彩友美は唇を噛んだ。

「ほら、これを見ろ」

清吉が座卓の上に出したのは、装飾された高級そうな台紙に金文字で『お写真』と書かれたものだ。

「あなたはまだ若いんだ。先のパーティで『是非私のもとに』と仰る物好きが……」

清吉はいったん言葉を切ってゴホンと咳払いをした後に、『お写真』とともに『釣書』と書かれた封書を彩友美の方にずずいっと押し出した。

「ああ、いや、あなたを見初めた方がおられるということだ。この方は経営するホテルを世界に有するリゾート会社の御曹司であられる。あなたなどには、もったいないくらいの人物だ」

「は……?」

彩友美はぽかんとしながらも自分の前に置かれた台紙と封書を見つめた。

見た目は正式なもの。つまり清吉はまだ離婚もしていない彩友美に対し、お見合いをするように言いに来たのだ。

「清吉さま。これはあまりにも礼節を欠いた行いでしょう。私は受け取ることはできません」

きっぱりと拒絶しながらふたつを押し返した。

「それにこのことを修成さまが知られたら、黙ってはいないでしょう。覚悟の上での行動なのですか」

さらに言葉を重ねると、清吉は苦虫をかみつぶしたような表情をした。だがそれも束の間で、もとの気難しい顔に戻る。

「常識に外れているのは承知の上だ。だが、あなたの後の行き先を決めておいた方が、ご当主も安心して良家の令嬢と縁談が組めるのだ。その点では評価されることはあっても、責めを負うことはない」

清吉は自信ありげに言い、再度『お写真』と『釣書』を彩友美の方に押し出した。

「今すぐ縁を切る気がないのなら、実際の見合いは離縁してからでいいから見ておけ。傷物でもいいと仰ってくれる奇特な方だ」

あくまで事を進めようとする態度は強引で、彩友美を百合岡家から追い出せれば前後の経緯などどうでもいいと言うような雰囲気だ。

それに傷物だの奇特だの物好きだの、暴言にもほどがある。彩友美だけでなくお相手まで貶めるその言葉に、怒気を抑えることができなかった。

「受け取ることはできません！　お持ち帰りください！」

湧き上がってくるエネルギーを言葉に乗せ、写真と釣書を押し返すと清吉は怒りのために顔を赤くした。

「メイド頭、清吉さまがお帰りです。お見送りしてください」

部屋の外に控えているであろうメイド頭に声をかけると、間を置かずに唐紙障子が開いた。メイド頭に加え、由真に執事もいる。

彩友美を守る体制は万全で、修成が留守中の来客対応については、しっかりと命じてあったようだ。

「まったく、恥をかく前にと勧めに来たのに、人の親切を無下にするとは！　これだから卑しい身分の者は好かんのだ！」

「清吉さまの今の暴言は、後ほど旦那さまにご報告申し上げます」

執事は物静かに言って「お帰りはこちらです」と手のひらで指し示した。

さらにカッとなった様子の清吉は座椅子をひっくり返す勢いで立ち上がり、ずかずかと執事の方に近づくと「後悔しても知らんぞ！」と捨て台詞を吐いて部屋から出ていった。

「あっ、お忘れ物ですよ！」

由真は座卓の上に残された台紙と封書をひったくるようにして持ち、清吉を追いかけていく。

彩友美も後を追いかけていくが、ずかずかと歩いていく清吉は受け取る気配がなく、由真の持つそれらが彼の腕の動きに合わせて上下に忙しなく動いていた。

「証拠が残ってもよろしいのですか！」

玄関で由真の放ったひと言は、清吉の心を揺さぶったようだ。ぴたりと止まり、真一文字に結んだ唇を悔しげに歪めている。

清吉はうめき声を上げた後玄関の外に向けて言い放った。

「末永《すえなが》！　こちらに来て、お前が持て！」

外に控えていたお付きの人が戸惑いの表情で玄関内に入り、憤怒の形相の清吉を見てギョッとし、顔を強張らせている。

由真は玄関隅に置いてある下駄を引っかけると、事態を呑み込めていない末永のもとに駆け寄って、持っていたものを差し出した。

「これをお持ちください」

すんなり受け取られたのを確認して役目を終えた由真は、やれやれとばかりに息を吐いた。そしてそのまま清吉を見送るべく、姿勢を正して玄関戸の傍に立っている。

「末永なにをしている！　行くぞ！」

渡されたものをまじまじと見ている末永を叱り飛ばし、清吉は帰っていった。

「さあ、塩を撒きますよ！　ほら、由真さんも手伝って。まんべんなく清めてしまいましょう」

「はいっ。メイド頭、合点承知ですぅ！」

メイド頭はどこからともなく出したあら塩の袋を由真に渡し、関取の立ち合い前よろしく、ふたりしてバババーッと撒き始めた。

豪快に宙に舞ったあら塩が、太陽に照らされてチカチカと光って見える。

「メイド頭。玄関だけでなく、門にも撒きましょうか！」

あら塩を撒いている由真が鼻息も荒く言う。その燃えるような眼差しは、身の内に溢れる怒りのエネルギーを放出し足りないとでも言いたげだ。メイド頭を促して、先立って門の方へ向かっていく。

「これ、必要なかったみたい」

彩友美は独り言ちてポケットに忍ばせていたボイスレコーダーを取り出した。これに録音されていることは、自分が修成に提示しなくても三人が報告をしてくれそうだ。

屋敷のみんなが協力してくれていることに感謝して、録音を止めてポケットに戻した。

それからしばらくの後、彩友美は気分転換をするために庭に出ていた。

玄関では、撒かれたあら塩を掃除する由真たちの姿がある。おそらくは門の方でも掃き掃除がなされているのだろう。

遠くの方から犬の鳴き声が聞こえてきてハッとする。確認を怠っていたが、今の時間番犬たちは見回りの任務に就いているのか。

瞬間屋敷内に戻ろうとするが、ふと考え直す。警備員と一緒に塀の傍を巡回しているならば、そこに近づかなければ問題ない。

それに鎖に繋がれた彼らが庭の方に侵入してくることは、まずないと思えた。なぜなら脚の弱い飼育員は駐車場係になったのだし、ましてやそういう人が警備員にいるとは考えにくいからだ。

池に落ちた一件以来、番犬たちの管理体制は万全なものになっている。

彩友美は安堵しつつ庭をそぞろ歩き、清吉に言われたことを思い返していた。

親族の前で恥をかかないようにと言ったのは見合いを勧めるための方便だと思うが、実際問題記憶が戻らなければ針の筵に座ることとなる。それは彩友美だけでなく、修成もそうなる。

――彼に迷惑をかけちゃう。このままじゃいけないって分かってる。でもどうすればいいのかが、さっぱり分かんないよ……。

悩みながらも歩いていると、脚は自然に池の方に向かっていた。池の水に木々の緑が映りこみ、彩り鮮やかな錦鯉たちが優雅な泳ぎを見せている。

「そうだ。もう一度、池に落ちたらどうかな？」

ふと思いついたそのアイデアなら、誰にも迷惑がかからないような気がした。

しかも岩のある位置を避けて飛び込めば、服や体がびっしょり濡れるだけで被害は最小限。修成に注意されている〝無謀なこと〟にはあたらない。

――でも私が池に落ちたら、屋敷中が大騒ぎになっちゃうかな。

もしも由真やメイド頭が池に落ちたら？　……と考えると、彩友美自身が大騒ぎすることが容易に想像できた。

「やっぱり、ダメだよね」

思わず呟いてがっくりと肩を落とし、ふぅと息を吐いた。なにかほかに妙案が思い浮かばないものか。

池の傍から離れて、再び庭に造られた小道をぶらぶらと歩く。

打開案が見つからず、悩みながら適当に歩を進めていたせいか、いつの間にか塀の近くまで来ている。

巡回中の番犬たちに会わないよう、気を付けていた筈だった。それなのに、小道の先に瓦屋根をのせた塀が見える。それはほんの数メートル先にあるようだ。

——やだ、こんな近くまで来てたなんて！　早くここから離れなくちゃ！

番犬の姿を見ただけで恐怖で体が委縮してしまう。少しでも早く離れようと踵を返したその時だった。

「わんっ、わんっ、わんっ」

番犬の吠える声が背後からしてきて、雷に打たれたような衝撃が彩友美の体を襲った。

ギギギと軋む音がするようなぎこちなさで後ろを振り返り見た彩友美は、ふたりの警備員と四匹のドーベルマンを目にした。

つんと尖った耳にスマートで筋肉質な体は、普通の人ならばカッコイイと思うのだろうが、彩友美にとっては恐怖の存在でしかない。

彩友美を発見した警備員は驚きの表情を浮かべた後に慌てて「伏せ！」と命じたが、そのうちの一匹はすでに彩友美に向かって猛然と走ってきていた。

なんということだろう。彼らは鎖に繋がれていないのだ！

「ああっ！　こら！　待て！」

警備員が追いかけて捕まえようとタックルするも、あろうことか番犬はするりと抜けてしまった。

「奥さま！　お逃げください！」

もうひとりの警備員が彩友美を救おうと全力疾走してくるが、それによってほかの番犬たちも伏せの状態を解いて警備員の後に続いて猛然と走ってくる。

「え、え、え」

ガタガタと震えて脚がすくみ、逃げることも叶わない。

どうして彩友美の姿を見ると番犬たちは駆け寄ってくるのか。犬を寄せ付けるフェロモンでも放出しているのだろうか。それとも敵とみなして攻撃するためなのか。

「わん、わんっ」

警備員による救助の手も間に合わず、彩友美は飛びかかってきた番犬によって腰を抜かしてしまい、地面にへたりこんでいた。

番犬は彩友美の頬をぺろぺろ舐めている。

ほかの番犬たちも大きな舌を出して、ハッハッハッと荒い息遣いで彩友美の傍をうろうろしている。その昇天しそうな恐怖とショックで、彩友美の意識はプツンと途切れた。

◇

『……きみって、結構頑固だね』

呆れたような声音だけれど、差し出されている手は大きくてとても優しく感じる。しかし彩友美はその手を摑むことができないでいた。

視界に映るのは藍色の和服の袖から伸びる腕と、大きな手のひらだ。ひと目で男性のものと判断できるそれらと低い声は、彩友美にとっては雲の上の存在であって、気安く触れてはならないお方のもの。

だから彼がどんな表情をしているのか、彩友美は直視することもできずにいた。

彩友美自身は陽の光の届かないような狭い空間に入り込んでいて、膝を抱えてうずくまるようにしている。

『だ、だって、あなたさまのお手を煩わせるわけには、いきませんから』

自分の口から出た声は涙に濡れていて、ひとしきり泣いていたよう。小刻みに震えている体はまるっきり力が入らなくて、狭い空間からは自力で抜け出せずにいる。

『そんな状態のきみを放ってはおけないだろう。さあ、いい加減に俺の言うことを聞きなさい。ほら、この手を握るだけだから』

少し強めの命令口調で言われるけれど、手を伸ばすことができない。頑なに首を横に振っていると、外にいる彼からはため息のような息が漏らされた。

『ほんとに、困った人だ』

何故彩友美がこんな状態になっているのか。それはほんの十分ほど前のこと。

彩友美が土蔵に用があって向かっていたところ、庭の中で番犬に遭遇したのだった。

彩友美の調べた範囲では四匹いる番犬たちはエサの時間の筈だ。

それなのに、そのうちの一匹がウロウロしているなど想定外のことで、咄嗟に叫び声を上げた彩友美は近場にあった庭師の道具入れの中に隠れた。脚立や竹箒などがあって非常に狭いけれど、無理矢理体を押し込んでいる。

番犬は唸り声を上げながら道具入れの前を行ったり来たりしており、たまにがりがりと戸をひっかいたりしているから恐怖のあまり動けずに、しくしくと泣いていた。

叫び声を聞きつけたのが散歩中だった彼で、道具入れの中にいる彩友美の泣き声に気づいて番犬を遠ざけ……と、今に至っている。

『ごめん。ちょっと強引にさせてもらうよ』

藍色の和服を身に纏っている彼は、うずくまっている彩友美の手首を強引に掴んだ。

『きゃっ、あの、ダメですからっ』

ささやかな抵抗など意に介さずにぐいっと引っ張り出された彩友美は、ふらつく体を抱き留められるような格好で腕の中に収められていた。

こんなところを誰かに見られたら大変。体を引き離そうと試みるも『わんっ』と近場で吠えられて、身も心も縮み上がった。

『ひっ、や、やだ』

『そんなに犬が苦手なの？』

尋ねられても満足に声を出すこともできず、何度もコクコクとうなずいてみせる。

ぎゅっと目を瞑って体を強張らせる彩友美の背中をよしよしと擦った彼が、『俺がいるから大丈夫。屋敷まで連れていくよ』と言ったので、一生懸命頭を横に振った。

『く……蔵に、行かないと』

震える声を絞り出して言うと、クスッと漏らした息が彩友美の髪にかかった。

『こんな状態なら、事情を話せば仕事は代わってもらえるのに……きみは真面目なんだね。いいよ、俺が一緒に行こう』

とんでもないことを耳にして、彩友美はがばっと顔を上げた。穏やかで優しい瞳と視線がぶつかり、知らずに頬が朱に染まった。

父親のいない彩友美には大人の男性の免疫がなく、さらに彼は百合岡家の御曹司であり、百合岡一族の次期当主になる修成だ。動揺しないわけがない。

『ダメですっ、ひとりで行きますから』

『真っ青な顔でこんなに震えているのに、冗談を言っちゃいけない』

『ダメでございますから』

『それは俺の台詞。一緒に行くって言っているだろう』

腕の中に入れられたままひとしきり言い合いをして、最終的には修成が命じる形で土蔵に同行することになった。抱きかかえられるようにして土蔵まで行き、彩友美は無事に仕事を済ませた。

『まったく。この僅かな間のことで、きみが真面目で頑固なことがよく分かったよ……そうだ、きみの名前を教えてくれないか？』

クスクスと笑いながら問いかけてくる修成に、彩友美は口ごもりながらも名乗った。

『はい……吉沢彩友美です』

彩友美二十歳半ば。修成との出会いだった。

『ね、彩友美。犬の管理体制が見直されたんだって〜。これからは、びくびくしないで済むよぉ！　よかったね！』

メガネの奥をキラキラと輝かせて話しかけてくるのは由真だ。

『修成さまが規律を決められたんだって。番犬から目を離さないようにって』

『そっか。修成さまが……』

――もしかしたら私のためにしてくれたのかな？

一瞬そう考えてから、慌ててぶるぶると首を振って否定する。自分だけのためじゃない。屋敷で働くみんなのためなのだ。勘違いも甚だしい。

そして修成に助けられた日から数日経った頃から、彩友美は頻繁に彼の姿を見かけるようになっていた。

特に、縁側を掃除している時に姿を現すことが多い。掃除の手を止めてご挨拶をすると、彼は立ち止まってねぎらいの言葉をくれるのだ。

そして必ず二言三言の会話をする。

内容は決まって修成からの質問で、最初は犬が苦手な理由を訊かれた。それからは体調のことだったり、趣味や休みの日の過ごし方、好きな色とか嫌いな食べ物も、毎回いろいろな話をする。

そんなある日。

『吉沢さん、ごくろうさま』

『え……？』

玄関横にある靴置き場の端に座って靴磨きをしていた彩友美は、突然かけられたねぎらいの声に驚いてビクッと体を揺らした。汚れ落としのブラシを取り落としてしまい、慌てて拾い上げる。

『ごめん。驚かせてしまったね』

『い、いいえ、いいんです』

修成は彩友美の隣に腰を下ろし、靴磨きの作業の様子をじっと見ている。

どうして立ち去らないのだろう。どうして作業を見ているの？　彼は忙しくないのだろうか？

『あの……？』

なんだか作業しづらくて、お出かけではないのですか？　と尋ねようとしたのだけど、彼は彩友美の問いかけに被せるような感じで話しかけてきた。

『結構おもしろい作業だよね。俺にやらせてくれないか？』

『へ？』

ぽかんとして修成を見上げると、にこにこと笑って彩友美を見つめていた。

『とんでもないです！　靴墨でお手が汚れますからいけません！　それに、これは私の仕事でございますから』

『そうだったね。きみは真面目だったたっけ。じゃあ、作業しない代わりに見ててもいいだろう？』

『用事はないのですか？』と訊けば『ない』と返ってくる。見ていてはダメとも言えず、彩友美はこくりとうなずくしかない。

玄関横にある靴置き場は狭い物置き部屋のような造りで、近くにはほかの使用人もいなくて修成とふたりきりだ。

場所が狭いせいだろうか。道具置き場でのことが、彩友美の頭の中にありありとよみがえる。引っ張り出された時の力強い腕や、抱き留められた広い懐を思い出して、どうにも胸がときめく。

『あの、改めてなんですけど……あの時は助けていただいて、ほんとうにありがとうございました』

きちんとお礼がしたいと言うと、修成はお礼など要らないと断った。それよりも悩み事があるから彩友美に解決してほしいと言う。

『実は……きみに嫌われてるんじゃないかと思って、あの後からずっと気になっているんだ。あんな事態だったのに、手を伸ばしても拒否されてばかりだったから。触れるのも嫌なのかな？　と』

だから彼は会うたびに話しかけてきたのか。少しでも打ち解けようとして……彼なりの努力をしているのかもしれない。

『そ、そんな、滅相もございません！　私なんかがあなたさまに触るのは畏れ多いことで……だから、だったんです』

必死になって否定するも、修成の顔は曇りがちだ。まさか彩友美ひとりに嫌われることがこんなに彼を落ち込ませるとは思いもよらない。百合岡家の主になるお方は、すべての使用人に好かれないといけないのだろうか？

『嫌ってなどいません！』

『ほんとうかな？』

『事実です。その、なんていうか、とてもお優しくて親しみやすいお方で……それなのに、嫌うなんてとんでもないです』

『うん。それなら、それを証明してもらおうかな』

証明とは？　そんな気持ちを込めて見上げると、彼はにこにこと笑っている。

『来週の日曜日、俺と一日過ごしてほしい。嫌とは言わせないよ』

『え？　はい？』

何故か、デートをすることになっていた。


好きになってしまった。そう思ったのは、話すようになって三ヶ月ほど経った頃のことだ。

修成と海辺のリゾート地までドライブしたり映画を見に行ったり食事をしたりしているうちに、彼の優しさとか厳しさとか、人となりに触れて自然に気持ちが傾いていった。

好きになっちゃいけないお方なのに、末路は悲恋だと分かっているのに、どうにも気持ちが止められない。

『どうしよう。こんなの、困る……』

彼は良家のご令嬢と結婚するのが至極当然なご身分だ。切なさが胸に広がって、自分の胸を押さえて痛みや苦しさをなだめる日々が続く。

そんなある日。彩友美は仕事の合間の自由時間に、近場の商店まで買い物に出かけることにした。

季節は夏。セミの鳴き声がわんわん響く中を歩いていると、背後から名を呼ばれた。

『吉沢さん！　待ってくれ』

聞き覚えがありすぎる声。そもそも絶対に聞き逃したくないその声の主は、彩友美の思い人修成のものだ。

振り返れば彩友美の方に駆け寄ってくる。

『買い物に行くなら一緒に行こう。犬に遭遇したらいけないから』

有無を言わさぬ強引なお誘いでも、修成であれば心地いいと感じてしまう。断らなければいけないのに、従いたいと思う。そしてずっと隣にいられたらいいのにと、あらぬ夢を抱いてしまう。恋心は残酷だ。

修成とたわいない話をしながら公園近くの道を歩いていると、前方に幼稚園児の集団を見つけた。ざっと見て十人くらいだろうか、みんなお揃いのスモックを着て青色の帽子を被っている。

けれどなんだか様子がおかしい。園児たちは輪になって中心を向き、座り込んでいる子や、突っ立ったままの子もいる。それに保育士の姿が見えない。

『修成さま、様子が変です』

彼も異変を感じているようで、急に歩みが速まった。彩友美も後に続いて園児たちに近づいていくと、保育士らしき女性が輪の中心で倒れているのが目に入り、ふたりして駆け寄った。

『大丈夫ですか!?』

修成が屈みこんで女性の意識を確かめる。すると弱々しい声で頭痛がひどく、右半身が痺れて力が入らないと言った。

『救急車を呼びますから、もうしばらく我慢しててください』

修成がてきぱきと行動する傍らで、彩友美は園児たちを気にかけていた。不安そうな表情で見守っている子どもたち。このまま自転車も通るような歩道にいては危険だと思えた。

『ほかに先生はいるの?』

手近にいた女の子に尋ねると、無言のままうなずいた。『どこにいるの?』と訊くと『あっち』と言って公園内を指差した。

よく見れば園児たちは草花を持っていたり、虫かごを持っている子もいる。近くの幼稚園から公園まで園外保育に来たようだ。

勝手に歩き回る子や、ふぇ……と泣きだす声も聞こえてきて、このままにしてはおけず、公園内を覗くも保育士の姿は近くに見えなくて彩友美は困ってしまった。

修成は女性の様子を見ながら救急要請をしている最中だから、園児たちを彼に預けて保育士を探しに行くわけにはいかない。

なんらかの事故が起きる前に、園児たちをまとめて一気に公園内に連れていくには、自分に注目を集めて言うことを聞かせるしかない。

おりしも彩友美の格好はメイド服。ふりふりのレースの付いたワンピースの色は暗いけれども、アニメでよく見る魔法少女の衣装に見えなくもない。

――やってみるしかない！

意を決し、園児たちに向かって手をパシンと叩いて『みんな、こっちみて～！』と大きな声で言うと、数人が彩友美を見てくれた。

『お姉さんは、先生に頼まれて、みんなに会うために空からやってきました』

ビシッと空を指差して、きょとんとしている子たちに向かって精いっぱいの笑顔を見せつつ、くるりんと回ってみせた。

彩友美に興味を示さなかった子も集まってきて、気分はもうキャラクターショーの舞台役者だ。

『さあここで、クイズで～す！　実は、お姉さんはと～ってもすごい力を持っています。さて、お姉さんの正体はなんでしょうか～？』

『うちゅうじん！』

『ぼく知ってるよ！　お姉さん、月からきたんでしょ！』

『お姉さんお姫さまなの？』

いろんな答えが小さな口から飛び出した。反応は上々で、園児たちの目が期待に満ちてキラキラとしだした。

『それでは、答えです。実は、しあわせの魔法使いなのです～。右手のお母さん指を振るだけで、みんなはしあわせの魔法にかかってしまいます。でも～……いい子だけにしかかかりません。みんなはいい子かな～？』

『いい子だよ！』

園児たちは競い合うように言っており、彩友美は右手を大きく振った。

『いい子は、お姉さんと一緒に公園の中に入りたくな～る。ビビデ・バビデ・ブ～！　さあ公園に入ろう！』

園児たちは楽しそうにきゃっきゃっと笑って、先を競うように公園の中に入っていった。

『はい～、みんないい子でした！　お姉さんの魔法にかかったみんなは、今からすっごく楽しく過ごせるから、思いっきり遊んでね！』

公園の中には園児たちがたくさんいて、広場を駆け回って遊んでいる。保育士の姿を見つけて事情を話すと、救急車のサイレンの音が響いてきた。

彩友美と修成は保育士らに後を任せ、その場を離れた。

それから買い物を再開して、人気のない小道に入ると彩友美は修成に愛の告白をされたのだった。

『俺、ずっと考えていたんだ。吉沢さんの咄嗟の機転、仕事の真面目さ、たまに頑固なところ。きみになら百合岡家の使用人たちを任せられる。なにより、俺自身が、きみをたまらなく欲している。吉沢さんが好きなんだ。俺の特別な人になってくれないかな』

『特別な人……。それは……恋人ということですか？』

『結婚を前提としたお付き合いだよ。ダメかな？』

思いもよらぬ告白だった。修成が彩友美を嫁にしたいと思ったのは園児たちを誘導した一件からだと言った。自分のすべきことを判断して、最良に最短の時間で仕事をしたことを評価されていた。

その場ですぐには返事ができなかったけれど、それから後も何度も真摯に求愛されて……悩んだけれど彼の愛情を受け入れた。

それからお付き合いを始めて間もなく初めての口づけを交わして、そして彼が求婚をしてくれて――。

◇

――そっか……私は、修成さまとこんなふうに――。

ゆっくりと覚醒していく中で、寝室の天井にある繭のような電灯と修成の心配そうな顔が彩友美の視界に入る。

犬に遭遇して気絶した彩友美は寝室に運ばれていたのだ。電灯が点いているところから考えると、すでに夜になっているようだった。

そして知らせを受けた彼は、いつもよりも早く帰宅してくれたのだろうか。

握られている手のぬくもりは、道具置き場から助けてもらった時からずっと変わらない。

――こんなに大切なことを忘れていたなんて……。

思わず目に涙が滲んで、視界が濡れる。

思い出したことを彼に伝えるには、多分この言葉が一番いい。お付き合いを始めて数年経った時彼に言われてとても嬉しかったこと――一言一句、その瞬間体に感じた熱、辺りに漂っていた花の匂いも風の音も、すべてを思い出しているのだから。

彼もきっと、全部を覚えている。

「きみと一緒に人生を歩んでいきたい。人生を歩んでいく中で、俺がふと振り向いた時、疲れて立ち止まった時、楽しいと思った時、隣にいるのはきみがいい。いや、俺は彩友美じゃないとダメなんだ。どうか、俺と結婚してください」

言い終わって微笑みかけると、修成は数瞬呆けた後に満面の笑みを浮かべた。

「彩友美……思い出したんだな」

「はい。話すようになったきっかけ。あなたを好きになってしまって切なかったこと。告白されて、口づけを交わした日のこと。全部……。修成さん、待たせてごめんなさい」

「そうか……思い出してくれて、ありがとう」

手を強く握ってそう言ったきり、修成は黙ってしまった。彩友美を見つめる瞳にはうっすらと涙が滲んでいる。

——平気そうに見えていたけれど、こんなに心配をかけていたんだ。

「これで離婚しなくて済みますね」

言葉に出してみるとますます実感が湧いて、安堵とともに喜びが体中を走る。

修成も同様のようで、先ほどまでの感無量の表情とは違っている。今はすっきり晴れ渡った青空のような、爽やかな笑顔だ。それは今まで見たことがないほどの素敵さで、さらに彩友美の心に喜びが満ちてきた。

「ああ、記憶が戻ってよかったな！」

「うん。だけど、一族のみなさんにはどうやって証明したらいいのかな？」

修成に対しては、ふたりしか知らない共通の出来事があったけれど、親族たちにはなにもない。

「そうだな……記憶が戻ったと報告しても『口裏合わせをしている』と言われそうだ。簡単には認められないだろう」

修成も瞬時にはいい考えが浮かばないようで、爽やか笑顔から一転して腕を組んで難しい顔をしている。

そんな中彩友美は〝あること〟を思い出し、目が覚めるような感じがしていた。彩友美しか知らないこと。それを利用することができるなら、記憶が戻ったことを証明できるかもしれない……！

「修成さん。記憶の証明のことは、私に任せてくれませんか」

修成に握られていた手を強く握り返して力に満ちた目で見つめると、彼はしばらくの間逡巡した様子だったがふと表情を緩めた。

そして彩友美と同じように瞳に強い輝きを持ってニヤリと笑う。

「なにかいいアイデアがあるみたいだな。いいよ、きみに一任する。俺にできることがあるなら言ってくれ」

「はい！　必ず、証明してみせますね！」

彩友美は力強くうなずいた。


証明に立ち会ってもらう親族はひとりだけでいい。というよりも、ひとりでないとダメだと思った。それから第三者の目として、弁護士も必要だろう。

修成に弁護士を呼ぶことを頼み、親族の内からひとりだけ選んでほしいと言うと、百合岡清吉に連絡を取ってくれた。この件については彼がボス的立ち位置にいるからだ。彩友美もそれには異存はなかったが、先日塩を撒いた一件は修成の耳に届いているのかいないのか。彩友美が倒れて記憶を戻したことにより、うやむやになっていて、なんだか一抹の不安がある。

——顔を合わせた途端、一触即発……なんてことになったら、どうしよう。

修成の表情からは少しの緊張を感じるけれども、態度はいつもとさほど変わらないように見える。

見合いの一件とこれから行うことによる緊張から、ドキドキしながらも修成とともに清吉の来訪を待っていると、指定した時刻よりも五分ほど遅れてやってきた。

「突然の呼び出しとは、おふたりとも、とうとう離婚をご決断されたということでよろしいのかな？」

口を歪めているのは笑っているのだろうか。そう思うくらい、清吉の気難しい顔つきには笑顔が似合っていない。

「いいえ、違います。今日は記憶が戻ったことを証明するために、清吉さまをお呼びしたんです」

「なんだと!? ついこの間まで記憶は戻っていなかったじゃないか。嘘を吐くんじゃない！」

清吉は歪めていた口をへの字に曲げて、いかめしいを通り越した怒りの表情に変わった。

それに対抗するかの如く、彩友美は晴れやかな笑顔を向けた。

「はい、清吉さまのおかげとでも申しましょうか。あの後に記憶が戻ったんです」

「この私のせいだと言うのか」

「彩友美の記憶が戻っているのは、確かなこと。あなたのせいと言うより、番犬のおかげですよ」

事態をうまく呑み込めていない清吉の眉間にしわが寄り、微笑む修成の方を睨むようにした。

「番犬、とは？　とても信じられませんな。ご当主が失われた記憶を補われたとしか考えられません」

「それを証明するために、清吉さまに来ていただいたんです」

「ご当主、いったいなにが始まるんですか」

ため息混じりの声音で問いかけられた修成は、首を少し傾げて言った。

「俺もなにも聞かされていないんだ。この件は妻に任せてあるから、素直に従ってくれ」

修成の言葉に、清吉はへの字に曲げた口を僅かに尖らせて「ふんっ」と鼻を鳴らした。

「それでは、東の棟に参りましょう。弁護士さんもおられますから」

そう言って先立って歩く彩友美の後に修成と清吉が続く。棟へと入る渡り廊下で弁護士と合流し、いつもふたりで過ごしている部屋に入った。

隙あらば異を唱える気に満ちた清吉と、これからなにが始まるのか期待と少しの不安を抱えた修成、それに冷静な判断をしようとする弁護士。三人三様の視線を身に集め、いよいよ証明を始めると思うと彩友美の口が緊張で渇く。

水分の感じられない唇を舌で湿らせて、ゆっくりと口を開いた。

「えっと、まず……これは先代の当主夫人からいただいた許可です。ご覧ください」

彩友美はスマホを操作して動画を再生し、三人に向けた。スマホの中では修成の母が微笑んでいる。

『私が受け渡したものは、もうすでに彩友美さんの意思で動かすことができます。あなたの自由にしなさい。そしてこれは、現当主夫人しか知らないことだと、ここで証明します。修成はさぞかしびっくりするでしょうねぇ。この目で見られないのが残念だわ。あ、そうそう。もしもさらなる証言が必要ならいつでも話すわ。それじゃ、彩友美さん頑張って〜』

最後にはクスクスと笑って手を振る母の姿を見て、修成は不思議そうに首を傾げている。清吉の眉間にはさらに深いしわが刻まれていた。

「いったいなにがあると言うんだ」

清吉は奥歯にものが挟まったような、もごもごとした口調だ。自身だけならばともかく、当主である修成までもが知らないこととは、いったいなんなのか。

――誰にも言ってはいけない大切なこと。

『これは、百合岡家に大事が起こった時に使うものです。代々当主夫人にしか継がれないものだから、修成にも話してはいけませんよ。彩友美さん、あなたを信用して授けます』

それは、結婚した翌日に修成の母から受け継いだものだった。

義母は彩友美に渡した途端、長年秘密を守ってきた重圧から解放されたのだろう。すっきりとした笑顔になった。逆に彩友美はとんでもない秘密を受け継いでしまい、戦々恐々としたのだった。

正嗣に〝アレはどこだ〟と言われるたび、妙な感覚に陥っていた。焦りと不安と、決して誰にも言ってはいけないという謎の思いにとらわれていたもの。

それを今から、三人に公開する。正直彩友美の個人的な理由で秘密を暴露してもいいのか迷ったので義母に相談したのだった。

『イマドキ、秘密なんて流行らないんだから、あなたで終止符うっちゃっていいわ』

嫁の一大事は百合岡家の大事だと後押しを受け、さらに役立つようにとあの動画を送ってくれたのだ。

「百合岡家に関わることで、今現在私しか知らない秘密があります」

そう言った後、鴨居の上に飾られているセピア色の風景画を取ってもらうよう修成に頼んだ。額縁の留め金を外して裏板を退けると、小さな鍵が入っている。

「これは、銀行の貸金庫の鍵です」

「貸金庫？」

おうむ返しに呟いて訝しげに鍵を見る清吉と、意外なものを持っていることに驚いた様子の修成、それに表情を変えない弁護士の顔を順番に見て、彩友美は話を続けた。

「四代前に〝なし〟とされた埋蔵金のことはご存じですよね。でも実は、四代前の当主夫人によって発掘されていたんです」

驚いて息を吸い込むような声が出され、修成と清吉が顔を見合わせた。ふたりともにわかには信じがたい様子だ。

「当時は当主に代わって夫人が発掘をしていたそうです」

明治初頭で男尊女卑の風潮が色濃くあった時代のこと。

『人手に金を割けない、お前が掘れ』

当主から命じられた夫人は、山中にこもって、ただひたすらに土を掘っていた。時には山中の小屋に泊まり込み、数人の奉公人と一緒に掘り続けて数年が経った頃、ついに埋蔵金を掘り当てた。

『奥さま、全部を渡す必要はありませんよ！』

奉公人が放ったひと言で夫人はハッとした。土まみれで汚れた手。細くやわらかだった肌は荒れて髪も艶がなく、美しかった頃の面影は露ほどもない。

もしも渡してしまえば苦労は労われることなく、そのまま当主の財産となるだろう。自分には分け与えられることもない。

夫人が山にこもっているのをいいことに、当主は妾を囲って好き放題に金を使っている。そのことを奉公人も夫人もよく分かっていた。埋蔵金に固執したのも、湯水のように使ったお金を補てんするため。そう思えばとても全部を渡す気にはなれない。

事はみんなで協力し合って秘密裏に処理された。当時は通信技術や交通手段などが未発達だったために、現代よりも楽に隠し事が出来たことだろう。

「四代前さまは、不肖な当主だったようです。だから、ほんの一部のみを渡して残りを隠した。もしも百合岡家が傾いたら、真面目に働いている奉公人のために使うつもりで……それが、百合岡家当主夫人に伝わる秘密の始まりです」

「……少額しか手に入らなかったから、埋蔵金自体なかったことにしたわけか」

修成は腑に落ちたような物言いだ。何故埋蔵金はないとされたのか、子どもの頃からずっと、少しばかりの疑問を持っていたという。

「それが、どうしてあなたしか知らないことになるんだ！　先代の当主夫人も知ってることじゃないか。哀れに思った夫人があなたに話して聞かせただけだろう」

清吉はわなわなと震える手で彩友美の手の中にある鍵を指差した。

「それを証明するために、これから一緒に銀行に行きましょう」

弁護士の運転する車に乗って銀行に向かった。

「ここは……百合岡の取引銀行じゃないな」

「はい。私が独身時代から利用している銀行ですから。隠し場所は受け継いだ人が決めるんです」

出迎えた行員に案内されたその部屋には、大小さまざまな金庫がコインロッカーのように並んでいた。

「百合岡彩友美さまの金庫はこちらでございます」

いくつもある金庫の中から示された、一番小さな金庫を開けた。そこに入っているのは、紙切れが一枚のみだ。

「なんだそれは。宝の地図か？　今から発掘しに行くのか」

小馬鹿にしたような口調で言ったのは清吉だ。銀行に来ても、まだ信用していないようだ。

「これには、この後に行く貸金庫の暗証番号が書かれているんです。忘れたらいけないって思って、紙に書いてここにしまっていたんです。でも思い出したものと一緒だったから、またしまっておきますね」

紙を金庫に入れて鍵を閉め、ふたつ目の貸金庫に案内してもらうべく行員の後に続いた。

次に案内されたそこは専用の個室となっていて、金庫を取り出すには端末での静脈認証と暗証番号の入力が必要となる。契約者にしか取り出せないシステムだ。

彩友美が端末に手を翳して暗証番号を入れると認証された音が鳴り、レールにのせられた金庫が滑るように一同の前に現れた。

「中に入ってるのは、埋蔵金そのものではありません。昭和に入ってから、時の当主夫人の決断により、保管しやすいものに変えられました。多分、永久不変に価値が変わらないものに変えたかったのでしょう」

そう言いながら丁寧に取り出したものを、個室内にある小さなテーブルの上にのせた。ビロードの布で覆われた肉厚な箱に、みんなの視線が集まる。

「これが、代々の嫁に伝わる秘宝です」

恭しく開いた箱の中を見た三人の表情が、訝しげなものから感嘆へと変化し、声もなくただ見入っている。

シルクの台座に据わっているのは、いくつものダイヤが散りばめられた美しいティアラとネックレス。特にティアラの鮮麗さは、英国の王室で使用するものと同等かそれ以上にも思える。個室内にあるライトに照らされた輝きはまばゆいほどで、気難しい顔つきの清吉さえも、目を見開いたまま魅了されていた。

「……これは素晴らしい。大きいダイヤは二カラットでしょうか。透明度も高く使われている宝石の数も多いですね。おそらく二億はくだらないでしょう。鑑定に出さないと正確な価格は分かりませんが」

今まで無言だった弁護士が、ティアラを見つめながら感情の伝わらないような口調で言った。

「代々の当主夫人がこれほどのものを隠していたとは……百合岡家の誰もが知らないなら、持って逃げようと思えばいつでもできたのにな」

修成の言葉には自分の母への尊敬と、また彩友美に対しての同様の念が込められている。

「私は弁護士として中立の立場から、百合岡彩友美殿の記憶は完全に戻っておられることを証明いたします。皆さまに異存はございませんか」

修成はすかさず異存なしの声を上げ、清吉は目を瞑って長くて深い息を吐いた後、呟くように言った。

「認めよう。親族には話しておく」

それから屋敷に戻った後に秘宝の扱いについて話し合い、修成と清吉の双方が『このまま秘密にしておく』との意見で合致し、彩友美が管理し続けることとなった。

苦々しげな清吉の表情からは、彩友美を嫁と認めたくない気持ちがひしひしと伝わってきたが、この三ヶ月近く胸を占めていたことから解放されたふたりは心からの笑顔を交わし合った。

その夜、湯から上がって浴衣に着替えた彩友美は、行燈の明かりだけを点して布団の脇に座り、寝室内を眺めていた。

桜の絵柄の唐紙障子は彩友美が選んだもの。結婚を機に部屋を改装しようと提案されたけれど、このままでいいとお願いしたのは彩友美の方だった。彼が子どもの頃に付けた柱の傷や、味わいのある建具などを壊してしまうことが嫌だったのだ。

すべてを思い出すと、修成のことも、彼が育ったこの家もさらに愛しく感じられる。一度忘れてまた恋をしたら、愛情も二倍に膨れ上がった気がする。

背後ですらりと唐紙障子が開けられた音がして、修成の使うシャンプーの香りがふんわりと漂い、彩友美の鼻をくすぐった。

ふわりと後ろから抱きすくめられて、耳に口づけが落とされる。

「……彩友美、今日はお疲れさま」

「はい……全部元通りになったんだって思うと、嬉しくて。犬たちには感謝しなくちゃね。修成さんとの出会いも、記憶が戻せたことも」

「警備員たちの話によると、犬たちは彩友美のことが嫌いなわけじゃなくて、大好きだから駆け寄るらしいんだ。きみは怖くてたまらないのにな」

「ええっ、大好きって！　そ、そうなんですか。びっくり」

それでは攻撃するために猛然と駆けてくるんじゃなくて、姿を見つけて喜び勇んで走っているることになる。解釈が違うだけで、少しだけ怖さが減るような気がした。

――よく見れば、ほんとうは可愛いのかもしれない？

「あ！　番犬といえば、今回の警備員さんたちの処罰はどうなったのですか？」

「特になにもしていないよ。始末書を書いてもらっただけ。あの時は見回りじゃなくて訓練中だったんだ」

「そっか……あそこで訓練するって、知らなかった。でもそういえば、木も少なくて広い場所だった気がする」

それならば鎖に繋がれていなかったのも納得できる。

でも、犬に好かれていたなんて思いもよらない。幼い頃に追いかけられたのも犬に好かれる体質だから？

彩友美はこれから少しずつ、ほんの少しでもいいから、犬たちに歩み寄る努力をしようと思った。当主夫人として、家を守る番犬が怖いのは情けないような気がする。

「記憶が一気に戻った気分はどう？」

「頭の中のモヤが晴れて、とてもすがすがしい感じ。修成さんには、いろいろ迷惑かけてすみませんでした」

当初はかなり戸惑っていたのだろう。どう接したらいいのか分からなかった筈だ。それでも記憶を失くした彩友美をリードして、自然に思い出すように努力してくれた彼は大人で素敵な人物なのだと、心底から思う。

彼と知り合えて結婚できたことが奇跡のようだ。

修成に抱えられて膝の上に乗せられた彩友美は、背中にぬくもりを感じながら丸窓障子を見た。今夜は閉められている障子は外にある木の影を映している。

丸窓から覗く月に照らされながら修成と二度目の初夜を迎えた日が、記憶が戻った今となっては夢の中の出来事のように感じる。

「でも、今も夢みたいだな」

思わず口から零れた思いを、修成がすかさず拾い上げる。

「それなら夢じゃないって実感させてあげるよ」

うなじに修成の息がかかり、くすぐったさに首をすくめると肌をぺろりと舐められて声にならない息が漏れた。

「彩友美、俺の前で立って」

腰を支えられて立ち上がるとくるんと向きを変えられて、胡坐をかいている修成と向き合う形になった。

「そして彩友美も、きみが俺のものだって実感させてほしいな」

──彼に、実感してもらう？

それは具体的にはどうしたらいいのだろうか。

微笑んだ彼は両手で彩友美の腰を支えるように持っており、顔をじっと見つめている。まるで彩友美の反応を待っているかのように。

言葉なのか、行動なのか。彼の求めているそれが実際には分からないけれど、自分なりに精いっぱいの気持ちを彼に伝えたいと思った。記憶を失くしている間、彼が彩友美に向けてくれていた愛情には敵わないかもしれないけれど。

「修成さん、愛してるわ。あなたと夫婦になれて、私はほんとうに幸せなの」

「俺もだよ。きみと出会えたことが奇跡だと思ってる。愛してるよ、彩友美」

彼も同じことを考えていてくれた。それが嬉しくて身の内に熱が生まれて体中を満たしていく。

──もっと伝えたい。彼だけに見せる、私の姿。私のすべてを。

自分から行動するのは初めてのこと。羞恥心があるけれどもとても僅かで、今は彼への思いの方が強い。

自分のウェストにある浴衣の紐に、細い指先を伸ばした。紐の先をそっと引っ張ると結び目がシュルッと解けて、するりと畳の上に落ちる。

彩友美をじっと見つめる修成の瞳に男の艶が宿っている。

彼の瞬きや、彩友美の腰に当てられた手のひらの熱、それに少しはだけた浴衣から覗く胸元の色気……そのすべてが彩友美を煽情していく。

腰に当てられていた修成の手のひらが離れると、紐がなくても形を保っていた浴衣の前がはらりとはだけた。

淡い紫の花模様の布の隙間から、彩友美の白い肌が少しだけ露わになった。

浴衣の下に身に着けているのはショーツのみ。開けた襟元の間を、彼の瞳が上から下へとゆっくりとなぞるように動く。

その瞳から感じられる熱だけで、彩友美の豊かな膨らみの先端は硬く尖ってしまう。薄い浴衣の上からも分かってしまうほどに。

「全部脱いで、俺に見せて」

彼のささやくような声さえも媚薬となって耳に届き、身が打ち震える。

指先を襟元にかけて少しずつずらしていくと肩に引っかかっていた布が背中側にまわり、腕を伸ばすと小さな擦過音を立てて畳の上にしどけなく落ちた。

ついでショーツにも手をかけ、肌を滑らせて足先からそっと外して浴衣の傍に落とした。

行燈の明かりで浮かび上がる彩友美の肌は白く艶めかしく、修成の視線を釘づけにして離さない。

「やばいな……彩友美の全部が色っぽすぎる。指先も、髪も、透き通るような肌も。これまでにも見ているのに、今日は特別だな」

「全部、修成さんのものだよ。だから……自由にしていいの」

頬を朱に染めて恥じらいながらも言うと、膝立ちになった修成の手のひらが華奢な肩に触れた。そして彩友美の体の線を確かめるかのように、胸の膨らみから腰まで男らしくもしなやかな指先をそっと滑らせた。

顎を支えられて唇を重ねると彼の熱が滑り込み、拙いながらも応える。舌を絡め合わせているうちにチュッと吸われてピリリとした刺激を与えられ、思わず身を引くとぎゅっと引き寄せられた。

口中の奥まで入り込んだ彼の舌先がちろちろと上顎をくすぐる。

「んふぅ……ん」

気持ちよさに力が抜けて彼の舌遣いにうっとり身を任せていると、彩友美の唇は食むように吸い上げられ、間もなくリップ音を立てながら離れた。

閉じていた瞼を薄く開けると、息がかかりそうなほど傍にある彼の濡れた唇が僅かに開いていた。

「……そのままの姿勢で立ってて」

そう言う修成の瞳に少しだけイジワルな光が宿っている。

さらに、指先で彩友美の下唇を挟んでふにふにと揉むようにしながら「座ったらダメだよ」などと言う。

「え……どうして？」

「俺が、立ったままのきみを愛したいから」

顎にチュッと口づけをされて、彼の舌が首を伝って鎖骨まで這う。

その先にある細い体に似合わず形よく盛り上がった豊かな丘陵に辿り着くと、桜色に色づいた蕾の先端をぱくりと口に入れて優しく吸い上げた。

「ぁ……あ、ん」

蛇の舌のように忙しなくも淫らに動くそれが色づいた先端をチロチロと嬲り、乳輪をくるりと舐めまわしては、舌先で立ち上がっている蕾を強く弾いた。

もう片方の柔らかな丘陵は手のひらに包み込まれ、むにゅ……むにゅ……と優しく揉まれている。

「あ……ア……ぁ」

腰がゾクゾクッと震えて思わず背を反らすとふらりと体が揺れてしまい、脚を後ろにずらしてなんとか踏みとどまった。

胸を突きだす格好になってふと視線を下げると、自分の胸の先端が修成の赤い舌の陰に見え隠れするさまが目に入った。

煽情的に動く舌先が蕾をコロコロと転がしている。さらに唇で軽く食まれて吸われたりすれば、その淫らな弄ばれ方でさらに興奮を煽られて感じてしまう。

もう一方の蕾も指先できゅうっと摘ままれて体の芯に熱い火が点り、蜜壺からとろりと滴が溢れ出た。

「ああ、あ」

蕾を弄っていた舌はおへその周りを舐めまわし、下腹部へと下っていく。

少し股を開くように促されて、広げた脚の間にするりと入り込んだ彼の舌が隠された花芽を探り当ててぺろりと舐め上げた。途端に電流が走ったかのような刺激に襲われて、体がぴくぴくと震えてしまう。

脚の間に入り込んだ彼の舌は容赦なく花芽を攻め立てる。舌で弾いてちゅるっと吸われて、絶え間なく与えられる快感に彩友美の腰がガクガク震えた。

「あ、やっ、そこ、ダメなのっ……立っていられなくなっちゃうのっ」

お願いするように言うけれど、彼の舌は止まらない。

たまらずに修成の肩に手を乗せて崩れ落ちそうな体を支えると、長い指がぬるりと体の中に入ってきた。

「ああんっ」

蜜が溢れるそこは滑りがよく、指が上下に動くたびにねっとりした音が連続して響く。

入口近くにある感度の高い部分を強く擦られ花芽も弄られ続けて、どちらがどう感じているのか分からない。ただ快感を得るままに甘い声を漏らし続けた。

内壁を擦っている指の動きがだんだん激しくなっていく。

花芽と柔ひだ。両方から与えられる快感で、脚も腰もとろとろに蕩けてなくなってしまいそうな高ぶりに襲われて……。

「イク……修成さんっ……イッちゃう」

「いいよ、彩友美。立ったままイッて。始末は俺がする」

そう言うと彼は素早く脚の間から出て、花芽を指で強く何度も擦った。その瞬間に、彩友美は体を駆け巡る熱を解放した。

「あああぁっ」

達した瞬間にぴぴぴと噴き出した水分が、彩友美の足元の畳をしっとりと濡らしていた。

頬を紅潮させて瞳を潤ませ、ハアハアと息を乱す彩友美は膝がガクガク震えてしまって、倒れそうになる。咄嗟に脚を動かして踏ん張ろうとするも、脚に力が入らなくて上手くいかない。

「おっと。ごめんな、彩友美。平気か？」

傾いていく体をぽすんと抱き留めた修成の手には、雑巾が握られていた。

「うん。でも、ごめんなさい。また汚しちゃったんだ」

「気にしなくていい。俺の舌と指で感じてくれた証拠なんだから、嬉しいよ」

嬉しいという言葉とともに、頬に唇が降ってくる。

「私も修成さんを愛したい。だから、いい？」

自分の体を支えている腕を押して、座った状態で修成と向かい合った。彩友美にはあまり知識がないけれど、彼の悦ぶことをしてあげたくなったのだ。

一糸まとわぬ彩友美とは逆に、彼はしっかりと浴衣を着たままだ。彩友美は彼の腰にある結び目を解き、紐をそっと引っ張って体から外した。

はらりとはだけた水色の浴衣の襟元に手をかけ、するすると背中側にずらしていくと彼の男性的な裸体が目に入る。

すとんと浴衣を下に落とすと、彩友美は彼の男らしい胸板に指先を這わせた。

無駄な贅肉のない彼の胸は少し硬くて弾力があって、彩友美のふにゃふにゃな体とは手触りが違う。

「修成さんは、たくましいね」

「ごついだろう？　だから男は柔らかい肌を求めるんだよ」

「私は修成さんが好き。硬いところも全部」

修成の胸に唇を落とし、胸筋が作り出す肌の溝を辿るように丁寧に舌で舐める。そして胸の位置にある色づいた部分をぺろりと舐めた。少しだけ突起しているところを舌先でそっと弄ると彼の体がピクリと震えた。

――彼も私と同じように気持ちいいんだ。

それが分かると嬉しくて、日ごろのお返しとばかりに攻めていると、ガシッと頭部を押さえ込まれてしまった。

「ひゃっ」

そのままゆっくりと下ろされると、目の前に藍色のボクサーパンツがあった。胡坐をかいている彼のそれは前部が大きく膨らんでいて、今にもはち切れそうな状態になっている。

「口で攻めてくれるなら、そこがいいんだ」

彼のパンツを少しずらすと、大きくて硬くなっているそれの先頭部分がゴムの上に顔を覗かせる。

少しだけ柔らかな弾力のあるそれにそっと口づけ、手前にあるしわの部分を舌先で優しく弄った。

先端を口に含んで唾液で濡らしながら上下に擦りつつ、パンツを徐々にずらしていくと、硬く膨らんだ彼自身の全貌が現れた。

それは彩友美の小さな手では覆いきれないほどだが、これがいつも自分の中に入って気持ちよくさせてくれると思えば愛しさが増す。

根元辺りをそっと摑み、裏側の筋をゆっくりと舐め上げてぱくりと銜えた。口の奥まで入れ込んでも全部を含むことができないけれど、唇と舌を使って上下に擦り、懸命に愛撫する。

先端のくぼみを舌で愛して、彩友美の唾液にまみれてぬるぬると滑る彼の太く硬い部分を、手のひらで上下に擦る。するとさらに硬く大きくなっていった。

「彩友美……そろそろ限界だ。俺自身がきみの中に入りたがっている」

そう促されて彼自身から手を離すと、そのまま体を掬われて、布団の上に横たえられた。覆いかぶさってきた修成の瞳は、男性の欲望を忠実に宿している。

初めて口で愛したけれど、彼は満足してくれたのだろうか。そう思えば訊かずにいられない。

「さっきの……気持ちよかった？」

「十分すぎるくらいだよ。おかげで俺の欲望が猛々しくなった」

そう言って微笑み触れるだけの口づけをして、彩友美の脚を手のひらで支えながら広げ、普段よりも猛々しい芯棒を割れ目にあてがった。

ぬるぬると割れ目を擦る先端が、さんざん弄られてとろとろになった快感を呼び起こして、彩友美の心と体を快楽の沼へと引きずり込む。

体の芯が再度熱くなって、彼が中に入ってくれるのを待ち望んでしまう。先端が掠める蜜口の入口はひくひくと痙攣して蜜を溢れさせ、花がミツバチを引き付けるように彼を誘っている。

修成の腰の動きが止まるのと同時にぴたりと蜜口にあてがわれた先端が、ゆっくりと彩友美の中に侵入してきた。

「あ……」

柔ひだを押し広げて擦りながら徐々に入っていくそれは、彩友美が待ち望んでいた悦びを伴いながらも焦らすように緩やかに進んでいく。

中ほどまで入ったところで、不意に彼の動きがぴたりと止まった。

――え？

まだ奥まで届いていない。熱を伴った疼きが〝もっと快感を得たい〟と切望してくる。じれったくてどうにも我慢できなくて、身をよじらせて彼を導こうと腰を寄せるけれど、何故か彼は後退していく。

「お願い……焦らさないで」

頬を染めて懇願するように彼を見つめると、少しイジワルで妖艶な笑みが返ってきた。

「俺が欲しい？」

体中が彼を欲している。肌も瞳も吐息も心までも、より近くに強く感じたい。

「……一緒に気持ちよくなりたいの」

彼の方に腕を伸ばして涙目で伝えると、手がきゅっと握られた。

「っ、たまらないな。その顔、すごくエロくて可愛い……俺も、彩友美が欲しいよ」

言い終わらないうちにぐっと腰を沈めた修成のそれが、一息に最奥まで到達した。

「ぁんっ」

焦らされた分が大きな悦びに変わり、彩友美を軽い頂点に導く。もたらされた快感を味わう間もなく、修成は緩やかに律動を始めた。

「彩友美のエロイとこ、知ってるのは俺だけだよ。この先もずっと」

彼の言葉がさらに感度を高め、彩友美は思わず繋げられている手をぎゅっと握り返した。

「あぁっ……あっ……修成さんっ……いいっ……あっ」

太くて硬いモノで充足感に満たされたそこから、波打つような快感がもたらされる。限界まで引き抜かれて沈み込むたび、彼自身と柔ひだが余すところなく擦り合わさって、彩友美の熱を高まらせていく。

もっと欲しい。より深く、彼のすべての欲望を受け止めたい。

「あっ……わ、私だけなの……、修成さんの愛を……受け止めるのは……ずっと、私だけなのっ」

息を乱しながらも懸命に思いを伝えると、繋がれていた手がパッと離されて華奢な腰をガシッと摑まれた。

「欲望に染まった俺の顔を見るのは、彩友美だけだよ」

刹那にぐっと奥まで差し入れられて、びりっとした刺激に襲われた彩友美は快感を逃すように手の甲を唇に当てた。

「駄目だよ。声を我慢しないで聞かせて。もっと」

唇にあてがった手を除けられてしまい、意識のすべてが修成で埋め尽くされる。律動を繰り返されながらも、ぷるぷると揺れる丘陵にある蕾を指の腹で転がされ、休むことなく与えられる悦びに蜜がとめどなく溢れ出してくる。

彩友美の漏らす甘く切ない声と、腰の動きがもたらす修成の荒々しい息、さらに繋がった部分から漏れる激しい粘着音がふたりの熱情を煽った。

「はぁ、やあああぁ、あっ、あん」

抗うことのできない快楽の波にひたすら声を漏らしながら身を任せていると、あまりの気持ちよさに彩友美の目からひと筋の涙が零れ落ちた。

少しだけ歪む視界に映る彼の姿は、とても荒々しくて甘い獣のようで……これが彩友美だけに見せる姿だと実感すると、繋がっていることがとても嬉しい。

もっと彼の体温を感じたくて手を伸ばすと、彩友美に密着するように覆いかぶさってきた。脇から手を差し入れられ、抱きしめるようにしてくれた彼の首に腕を回し、ぎゅうとしがみ付く。

「彩友美の中、すごく熱くて蕩けそうだよ……もう持ちそうにない。一緒にイこう」

「うん」と言ったのか自分でも定かではないが、いっそう激しくなったそれが彩友美の最

奥部を何度も穿ち、快感の波が最高潮のまま持続して一気に山頂へと上り詰めていった。

「あ、はあ、あっ、あぁぁぁっ――」

彩友美の脳裏に火花が散って果てると、体の中では修成の情熱がほとばしっていた。

彼が役目を終えた芯棒を引き抜くと、とろりとした白濁液が彩友美の中から零れ落ちていた。

終章　繋がっていく未来

平日朝の百合岡家の玄関。

しわひとつないブランド物のスーツを着こなした修成は、ピカピカに磨かれた革靴を履くと、凛とした佇まいで彩友美の前に立つ。

仕事に出かける彼を見送るのは、素敵な旦那さまを送り出せる誇りを感じるのとともに、少しの寂しさを伴う。

たまにはお仕事をお休みしてもらい、彼を一日中独り占めしていたいと思うのは、単なる新妻の我儘である。

——会社でも彼がいないと困る人が多い筈……仕方がないわ。

「修成さん、いってらっしゃい」

ビジネスバッグを差し出す彩友美に、修成は受け取りながら頬に軽いキスをする。それだけで愛されている実感が湧いて、胸がほわほわと温かくなるのだ。彩友美の心はなんて単純なのだろうか。

彩友美の心の内を見透かした修成の手のひらの上で、上手に転がされているような心地がしないでもない。

頬を染めてはにかんだ笑顔を見せると、彼は柔らかい瞳になる。

「いってきます」

屋敷のメイドたちは毎朝変わらない仲睦まじい光景を見て、「旦那さま、いってらっしゃいませ」と笑顔で言ってお辞儀をする。

広い三和土から外に出ていく背中を見送り、彩友美はふぅっと息を吐いた。起床してからそれほど時間が経っていないのに、体が疲れたように重い。

――たっぷり寝た筈なのに、おかしいな……。

ここ一週間ほどのことだけれど、体が疲れやすくなったと感じる。

修成との愛の営みは毎晩欠かさない。そのたび何度も頂点に導かれて、行為の後は体に気だるさを覚える。もしかしたらそれが蓄積されて疲れとなり、体に現れているのか。

それならば嬉しい悲鳴と言うべきだろうか。

「奥さま、少しお顔の色がすぐれないみたいですけど、大丈夫ですかぁ？」

そう問いかけてきたのは由真だ。メガネの奥の瞳が心配そうに揺れている。相変わらずに彼女は目ざとい。

未婚でしかも彼氏のいない由真には、「毎晩の彼との営みのせいで……」なんて、とても言えない。

「あ、あの、少し体調が悪いの。熱はないみたいだけど……」

そう言いながら額に手を当ててみる。手のひらに伝わってくる体温は高くなく、平熱だと思えた。

彩友美の様子をじっと見つめている由真に、慌てて言い繕った。

「あっ、でもね、そんな大したことはないの。だから修成さんには言わないでね？　余計な心配をかけたくないから」

「でもぉ、奥さまの体調管理も、私たちの仕事なんですぅ。大切なお体なんですから、少しの異変でも、お医者さまに診ていただかないといけません。旦那さまには、そう言い含められていますぅ」

困った表情の由真を見れば、なんだか罪悪感を覚える。決して嘘をついているわけではないが、隠し事をしているのは事実である。

「少し横になればすぐに治るわ。だから、病院にも行かなくていいの。平気なの！」

「奥さま、なにかございましたか？」

元気さを伝えるために大きな声を出したせいか、メイド頭までもが来てしまい、彩友美は内心で苦笑した。

彼女にも、「実は修成さんが毎晩……」などと言えない。

「なんでもないの。気にしないで」

「メイド頭、そんなことないんですよ」

由真がメイド頭に説明をすると、彼女は鋭い視線を彩友美に向けた。すべてを見透かされそうな雰囲気に、彩友美はたじろぐ。

「そうですね。しばらく様子を見て……旦那さまに申し上げるのは、その後にいたしましょう」

メイド頭はにこりと微笑んだ。

「でもぉ……」

なおも食い下がろうとする由真に「寝ても治らなかったら、その時には必ず言うから」と言いおいて、彩友美はそそくさと東の棟に戻った。

――メイド頭に突っ込んだ質問をされなくてよかった……。

幸いと言うべきか、まだ布団は上げられておらず、さっそく身を横たえた。

その結果、お昼近くに目覚めた時には気分がすっきりとしていた。

やはり毎晩の運動まがいな行いと、それによる寝不足の影響である。そう結論付けた彩友美であった。

しかし、それから数日の後、彩友美は修成とともに病院を訪れていた。

きっかけは、由真に体調不良を見破られた日の午後、彩友美のもとを訪れたメイド頭の言葉である。

〝奥さま、月のものは来ていますか？〟

柔らかく微笑みながら尋ねられたことに、彩友美はハッとした。そしてその日のうちに修成に告げたのだった。

『病院に行かなければなりません』

彼はたいそう慌てた様子で『どこが悪いのか』と問うたので、お腹を触って微笑みかけた。

瞬間訳が分からないと言った様子で呆けた彼は、すぐにお腹に触れた意を察し、安堵とも喜びともつかぬ、なんとも複雑な笑みを彩友美にくれた。

そしてすぐに休みを取る手はずを整え、今に至っている。

あの時の彼の表情は、きっとずっと忘れない。思い出せば幸せな気持ちが胸に広がって、自然に笑みが零れる。

今はもう診察を終えて会計を済ませ、後は帰るばかり。運転手が玄関まで回してくれる車を、ロータリー脇にあるベンチで待っているところだ。

「妊娠三ヶ月……か。彩友美の記憶が戻ってすぐに命が宿ったんだな」

「うん。なんだかまだ実感が湧かないけど、すごく感動してる」

「ここに俺の子がいるなんて、ちょっと不思議な気分だ」

まだ膨らみのない彩友美のお腹を、修成の手のひらがいたわるように撫でる。

自分のお腹の中に別の命が芽生えているなんて、修成の思いと同様にとても不思議で、でも嬉しくて、芽生えた命を守るために体を大切にしなければと思う。

間もなくロータリーに百合岡家の車が滑り込んできた。彩友美が立ち上がろうとすると、すかさず修成が手を貸して体を支える。車に乗り込もうとすれば、体を抱えるように乗車のサポートをしてくれる。

急に過保護になった修成に少し戸惑いを覚え、彩友美は走る車内で話しかけた。

「いろいろありがとう。でも、普段通りでいいと思うよ？」

彩友美とて、自分の体を大事にしようと思ったけれども、修成の行動は度が過ぎているように感じる。

「そんなことない。医師も安定するまでは気を付けてと言っていただろ？　油断は禁物なんだ」

窘めるように言う修成の表情は真剣そのものだ。

「……うん、そうだね」

彼は、診察室で妊娠を告げられた瞬間は彩友美よりも喜んでいたし、これから身重になる体の心配をしている。

優しくて、時には厳しくて、愛情の深い旦那さま。赤ちゃんが生まれたらどんな父親になるのだろうか。男の子なら家訓に従って厳しく育て、女の子ならば、ものすごく過保護な父親になりそうだ。

そんな未来を想像しながら、彩友美もしっかりした母親になりたいと思った。

百合岡家に到着すると、修成はメイドや使用人たちを大広間に集め、彩友美の懐妊を伝えた。

「うわぁ！　やったぁ！　奥さま、おめでとうございますぅ！」

一番に声を上げて喜びの意を示したのは、由真だ。手を叩きながら飛び跳ね、ツインテールをふりふり揺らしている。

彼女の声をきっかけにわっと歓声が上がり、屋敷内は祝福ムードに包まれる。メイド頭も執事も満面の笑みだ。

「そうだ、今夜はご懐妊記念にお祝いをしましょう！」

執事の言葉に賛成の声が一斉に上がる。

さっそく料理長と執事が料理の打ち合わせを始め、メイド頭は会場の準備をどうするかメイドたちと相談している。

派手に飾りつけをしましょう！　と提案する由真にみんなが賛同し、すごく盛り上がっている。

彩友美は修成に肩を抱かれながら、みんなの笑顔を眺め、身も心も幸福に満たされていた。

あとがき

こんにちは。涼川凛《すずかわりん》です。このたびは『もう一度初夜、しませんか？　記憶をなくした新妻は旦那様の愛に溺れる』をお手に取っていただきまして、誠にありがとうございます。

このお話は、私の「和装男子を書きたい！」という思いから生まれました。なので、舞台は日本家屋です。某有名観光スポットをモデルにして、広大な庭や和の内装など、日本の良き情景をふんだんに入れ込んでみました。修成の深い愛情と彩友美の心情の変化とともに、お楽しみいただければ幸いです。

今回のイラストは芦原《あしはら》モカ先生。色気のある修成と初心な彩友美を素敵に描き、この話の世界観をとてもよく表現してくださいました。ありがとうございます。それから担当さま、校正さま、本作に携わっていただいたすべての方々にお礼申し上げます。

そしてなにより、この本をお手に取ってくださった読者の皆さまに、心よりの感謝を申し上げます。この本を読んで、少しでもおもしろいと思っていただけたなら、とても幸せに思います。

最後までお付き合いくださり本当にありがとうございます。では、また他の作品でお目にかかれることを祈って。

涼川　凛

源モカ

Illustration Gallery

挿絵④ラフ

カバー

挿絵⑧ラフ

挿絵②ラフ

Opal

もう一《いち》度《ど》初《しょ》夜《や》、しませんか？

オパール文庫をお買い上げいただき、ありがとうございます。
この作品を読んでのご意見・ご感想をお待ちしております。

ファンレターの宛先
〒102-0072　東京都千代田区飯田橋3-3-1
プランタン出版　オパール文庫編集部気付
涼川 凜先生係／芦原モカ先生係

オパール文庫＆ティアラ文庫Webサイト『L'ecrin《レクラン》』
https://www.l-ecrin.jp/

著　者――**涼川 凜**（すずかわ りん）
挿　絵――**芦原モカ**（あしはら もか）
発　行――**プランタン出版**
発　売――**フランス書院**
〒102-0072　東京都千代田区飯田橋3-3-1
電話（営業）03-5226-5744
　　（編集）03-5226-5742
印　刷――誠宏印刷
製　本――若林製本工場

ISBN978-4-8296-8405-4 C0193